ベリーズ文庫

離婚予定の契約妻ですが、クールな御曹司に溺愛されて極甘懐妊しました

森野りも

STARTS
スターツ出版株式会社

目次

離婚予定の契約妻ですが、クールな御曹司に溺愛されて極甘懐妊しました

特別書き下ろし番外編

離婚予定の契約妻ですが、
クールな御曹司に溺愛されて極甘懐妊しました

プロローグ

純玲《すみれ》は寝起きが悪い。単純に寝るのが好きだし、眠りが深く一度寝ると目覚めるのに時間がかかる。

疲れが残っていたり夢見が悪かったりした朝は、起きても体が重だるくてしばらく動けない。できることならずっと布団の中にいたい。

でも社会人としてそれはできないから、平日は目覚まし時計やスマートフォンのアラームを早めに設定するなどして、今までなんとか遅刻はせずに済んでいる。

だからこそ会社が休みの日はいつもよりゆっくり寝られるのが、ささやかな幸せだったりする。

(今日は土曜日だよね……んー、体が重い)

純玲はいつものように布団の中でぼんやりする。

(……あれ、ここ、どこ?)

寝心地が自宅アパートのベッドではないことに気づく。サラリとした肌あたりのいいシーツの感触もいつもと違う。

純玲は重い体をむっくりと起こし目をこすりながら、やけに広々としたベッドの上に座り込む。

室内の重厚で上品な調度品やカーテンを見回した後、ふと視線を落とすと自分がバスローブ姿であることに気づいた。

瞬間、純玲はカッと目を見開く。一気に覚醒した。

「わ、わ、私っ！」

昨夜の記憶がフラッシュバックする。思わずベッドを飛び降りたのだが、つま先が床に着くと同時に思わず床にへたり込む。足腰に力が入らない。

「あぁ、なんてことを……」

純玲は膝をつきながら両手で頭を押さえた。頭痛がするわけではなく、文字通り頭を抱えたのである。

己の記憶が正しければ、昨夜この部屋で純玲は〝一夜の過ち〟を犯した。

なんとか立ち上がり恐る恐るベッドを振り返って確認したが、その相手は不在。

メインルームを覗《のぞ》いたが人のいる気配はない。シャワーを浴びているわけでもなさそうだ。

無理もない。

自分たちの関係性を考えたら、お互い酔った勢いとはいえ自分と一線を越えたことに彼は罪悪感を覚えたはず。きっと顔を合わせづらくて先に部屋を出たのだろう。

申し訳ないやらほっとするやら、複雑な感情とともにベッドルームに戻り、バッグからスマートフォンを取り出す。

「わ、もうこんな時間」

もうすぐ午前十時になろうとしている。ずいぶんとゆっくり寝ていたらしい。自分も早くこの部屋から出なければ。

昨日は余裕がなくてあまり認識できなかったが、やっぱりハイグレードな部屋だ。ただでさえこのホテルはラグジュアリーで全国的にも有名なホテル。相当な宿泊料になるはず。

彼のことだからきっと支払いも済ませているんだろう。もししていなかったらカードで支払おうなどと、つとめて現実的なことを考えて心を落ち着かせる。

しかし何気なくメッセージをチェックした純玲は、危うくスマートフォンを手から落としそうになる。

【おはよう。体は大丈夫か？　ひとりにしてすまない。用事があるので少し出てくる。レイトチェックアウトにしてあるから部屋で待っているように】

それは彼からのものだった。どうやらここに戻ってくるつもりらしい。

「ど、どうしよう」

〝体は大丈夫か？〟なんて聞かれると昨夜のことが生々しく思い出されてしまう。彼は初めての純玲のためにじっくり時間をかけて抱いてくれた。それはそれは丁寧に……。

自分の痴態が蘇り、ひとり真っ赤になる。酔ってはいたけれどだいたいのことは覚えている。

「無理。どんな顔して会ったらいいかわからない……ていうか、合わす顔がない。戻ってきちゃう前においとまさせていただこう。うん、それがいい」

自分のメンタル的にこの場で彼を待つわけにはいかない。純玲は逃亡を決めた。

シャワーを浴びたかったが時間がないし、そもそも体は拭かれたかのようにサッパリしている。

着た覚えのないバスローブ姿になっている理由、ついでに胸もとにある赤い痕についてもひっくるめて考えないことにして、純玲はすばやく身支度を整えた。

よし、とバッグを持ちドアノブに手を掛ける。まずはここから出て、彼には後でメッセージを送っておこうと決めた。

（失礼をお許しください、昨日のことはいい思い出にします。だから忘れてください）

純玲は心の中で謝罪しながらドアノブを勢いよく引いて——そのまま固まった。

開いた扉の向こうに長身の男性が立っていた。ちょうどカードキーで開錠しようとドアの前に立ったところだったようだ。廊下の明かりを背にした逆光にもかかわらず、彼の際立った容姿ははっきりとわかる。

「……白石《しらいし》さん」

そこにいたのは今一番会いたくなかった人物……昨夜の過ちの相手だった。

「やっぱりな。急いで戻ってきてよかった」

彼は整いすぎた美貌で困ったように笑うと、長い脚で部屋に踏み入る。近づく距離に思わず純玲は後ずさりし、彼の背後で静かに扉が閉まった。

「純玲、おはよう。あとただいま。さあ、昨日の話の続きをしようか」

口もとに笑みをたたえたまま白石泰雅《たいが》は純玲の肩に手を置き、体ごと回転させるとそのまま室内に誘う。

「き、昨日の話？」

ナチュラルに部屋に逆戻りしている。慌てる純玲に泰雅はサラリと答えた。

「もちろん、俺たちの結婚についてだ」

1　再会と決別の夜

その日、純玲はタブレットを片手にひとり会議室に向かっていた。

純玲が務める『株式会社百田《ももた》ホールディングス』は、旧新興財閥系巨大グループ企業のホールディングス会社だ。百田グループは食品関係から金融、エネルギー関係まで国内外問わずさまざまな事業を展開している日本屈指の一流企業で、関係会社の数は小さいものを合わせると数百に上り、親会社である百田ホールディングスは東京《とうきょう》丸《まる》の内《うち》に自社ビルを構えている。

だめもとで入社試験を受け、内定をもらったときには信じられない気持ちだった。

入社から早二年。三年目となった純玲は二十五歳になったばかりだ。

純玲は入社時から総務部に所属している。業務内容は多岐に渡る。社内備品から掃除業者の手配、派遣会社とのやりとりや不動産情報の管理、はたまた情報システム部と連携してのシステム開発など、とにかく業務の種類が多い。

その中で現在純玲は、海外からのインターン学生の受け入れなどを主に担当していた。それだけでなく、庶務的な細かい仕事も総務部の若手が持ち回りで行っている。

今日は純玲が会議室使用状況のチェック担当になっていた。自社ビル十五階の西側には大小十二の会議室が並んでおり、それぞれの部屋に〝北京《ペキン》〟〝パリ〟〝ニューヨーク〟など、世界の主要都市の名前がつけられている。社内では『打ち合わせでちょっとローマまで行ってきます』的な冗談が鉄板だったりする。

時間はすでに定時を過ぎている。この時間でも会議が行われていることはままあるのだが、手もとのタブレットで社内管理システムを確認すると予約は入っていないようだ。

純玲は手前の〝ソウル〟に入室し、テレビ会議システムの電源の状態や、忘れ物の有無、ホワイトボードのマーカーが切れていないかなど確認していった。今のところどの部屋も問題がないようだ。

（肇《はじめ》さん、今日も残業って言ってたっけ）

作業を進めながら、純玲はふと恋人に思いを馳《は》せる。

純玲は社内恋愛をしている。相手は佐久間《さくま》肇という新規事業開発室に所属する三つ年上の男性だ。知り合ったきっかけは、インターン受け入れの件で彼から相談を受けたことだった。

見た目が爽やかで優しそうな顔つき、人あたりがよく社交的な性格で仕事ができ、出世が見込まれているという肇は社内の女子にとても人気があった。そんな彼が自分にアプローチしてきたときは冗談かと思った。

純玲の見た目はいたって普通だ。身長は百六十センチ、太ってはいないが痩せているわけでもない。肩甲骨まで伸ばした真っすぐな黒髪は純玲の落ち着いた雰囲気を決定づけている。目鼻立ちも華がなく地味だ。実家の母は『すーちゃんの黒い瞳は髪と一緒でとっても綺麗《きれい》で魅力的よ』と言ってくれるが、残念ながら親の欲目だろう。

自分のことをよくわかっているから、彼が見た目でなく『小野寺《おのでら》さんの真面目な仕事ぶりに惹かれた』と言ってくれたのを誠実に感じた。

彼の明るさに純玲も徐々に心を許し、付き合うことに。交際経験がなく緊張する純玲に彼は引くことなく『純玲のペースで付き合っていこう』と優しい。

交際して半年ほど経った先々月の純玲の誕生日に『君と結婚したいから、ご両親に会わせてくれないか』とプロポーズされ、純玲は幸せな気持ちでそれを受け入れた。

(肇さんに後で連絡してみようかな。実家に来てもらう日も決めたいし。でも忙しいのよね)

最近、急に彼の仕事が忙しくなったらしく、残業や休日出勤も多いという理由で会えない日々が続いている。電話もメッセージもほとんどなくなった。

気を使いながらこちらから電話をしても『忙しいんだ。ごめん』と疲れた様子で、ゆっくり話すことができない。よっぽど業務が立て込んでいるのだろう。『お仕事がんばってくださいい。肇さんが落ち着いたらゆっくり会えればいいから』と言ったものの、毎日そんなに忙しいと倒れてしまわないか。彼の体調が気になる。

（お仕事の邪魔になったらいけないけど、差し入れはいいかな）

彼の職場と総務部は違うフロアなので、会おうとすると出向いていかなければならない。今までは遠慮していたけれど、定時後だしこの後彼の様子を見に行ってみようと考える。

ふたりの交際は社内で公然になっているし、なにも問題はない。

（下のお店で肇さんの好きなコーヒーを買っていってあげよう）

肇の喜ぶ顔を想像し、自然と顔がほころんだ。

すべての会議室のチェックを終えた純玲が最後の〝ニューデリー〟を出る。すると奥の備品倉庫の方から女性の声が聞こえてきた。倉庫といっても扉はなく、奥まったエリアの狭い空間だ。

こんな時間に備品倉庫に用事がある人がいるのだろうかと、思わず耳を澄ます。

「ねぇ……今日も残業の予定だったんでしょ？」

鼻にかかったこの声はよく知っている。

（瑠美《るみ》ちゃん？）

声の主は小野寺瑠美。純玲の父の弟の娘で、二歳年下の従姉妹にあたる。今年百田に入社し、純玲と同じ総務部に配属されている。

彼女が入社してきたとき、従姉妹が同僚になるなんて偶然もあるんだなと驚いた。

瑠美はかわいらしい顔つきをしており、流行《はや》りの服装が似合いメイクもうまい。

ただ、甘やかされて育ったせいかわがままだと思うのは、純玲がこの従姉妹に子どもの頃から冷たくされ続けているせいだろうか。正直なところ顔を合わせたくない。

そっとその場を離れようとしたのだが、さらに聞こえてきた声に純玲の心臓が凍る。

「まあね。でも僕にとっては瑠美が最優先。こうしている時間はあるよ」

それは先ほどまで想いを馳せていた人の声にそっくりだった。

（肇さん……？　まさか）

勘違いであることを確認したくて、不安で震えそうな気持ちを抑えながら中をうかがうと、瑠美と抱き合ってキスを交わしている男性がいた。

「忙しいって言って私と会ってるなんて知ったら、純玲ちゃん驚くわね」

重ねていた顔を離し、くすくすと笑う瑠美。

「ついプロポーズみたいなことしちゃったから面倒なんだよ。あー、失敗した。あいつが『オノデラ貿易』の長男の娘だって聞いて近づいたのに、父親が社長じゃなくてただの喫茶店のマスターだったなんて。おまけに純玲は養子なんだろ?」

それは間違いなく純玲の恋人、佐久間肇の口から出た言葉だった。あまりの衝撃に、純玲はそのまま動けなくなる。

「そういうことは先に言ってほしいよな。危うくあいつの両親に会いに行くところだった」

肇の口調は純玲が知るような優しいものではない。人を蔑むような軽薄な声。

「肇さんたら、ひどーい。まあ、純玲ちゃんに小野寺の血が流れてないことは確かだけど。それなのにお嬢様みたいな顔して図々しいわよね。小さい頃から〝疫病《やくびょう》神《がみ》〟って呼ばれてきたのよ。純玲ちゃんを引き取ってすぐに会社が傾いて、伯父さんは社長をやめたって」

そのおかげでパパが社長になったんだけどね、という瑠美の声にも侮蔑の色が込められている。まじか、と肇が応える。

「オノデラ貿易とつながりを持てたら僕の出世につながると思ってたけど、あいつは偽物だったなんて。そしたら君が入社してきてビックリしたよ。瑠美が本当のお嬢様だったわけだ」

「うふふ。そういうこと」

「なぁ、今度君の両親に挨拶させてくれよ。純玲とはうまく別れるからさ。そもそもあいつ、かわいげがないんだよ。地味だし男慣れしてなくてさ。キスするだけでもガチガチになるんだぜ？　手を出す気にもならない。どっちにしろ、そろそろ終わりかと思ってた」

（嘘……）

次から次へと明かされる肇の本心に衝撃を受けすぎて、純玲はなにかドロドロした三角関係もののドラマでも見ているような気持ちになっていた。

「純玲ちゃんは、地味だし一緒にいてもつまらなそうだもんね。だからきっと今まで彼氏もできなかったんだわ」

「それに比べて瑠美はかわいいし、なんせ、体の相性もいいし？」

言いながら肇はまた瑠美の腰に手を回し、抱き寄せた。

純玲はあぜんと立ちつくした。強く握り過ぎた両手が少し震えていることに気がつき、我に返る。

しかし声を発することはできず、純玲が選んだのはただそこを立ち去ることだった。

その後、どうやって自宅に帰ったのかあまり覚えていない。

ひとり暮らしをしている高円寺《こうえんじ》のアパートに着くと、習慣のまま手洗いうがいを済ませ着替える。普段ならこの後夕飯にするのだが、当然食欲など湧くはずがない。

純玲は部屋の奥にある小さなベッドを前に膝をつき、上半身を突っ伏す。

「私……肇さんにあんなふうに思われてたんだ」

彼らが言っていたことには事実も含まれている。

オノデラ貿易は三代続く歴史ある貿易会社で、現在は素材関係の貿易の取引を主に行っている。

純玲の父、小野寺道隆《みちたか》は代々オノデラ貿易を経営する小野寺家の長男で妻は雪乃《ゆきの》。純玲は夫婦のひとり娘である。しかし血のつながりはない。

純玲の実父は実母と結婚する前に亡くなったと聞いているが、それ以上のことは誰も知らないらしい。

看護師をしながらひとりで娘を育てていた実母にがんが見つかったのは、純玲が五歳になってすぐのことだった。不幸にも進行が早く、半年足らずで実母は亡くなってしまう。

実母が闘病中に純玲を預けていたのが、実母の親友である雪乃とその夫道隆だった。

ふたりは子に恵まれなかったこともあり、身寄りのない純玲を特別養子縁組の形で家族に迎えてくれた。小野寺家の長男が養子を取ることに親族は『血のつながらない人間を小野寺家に入れるのか』『施設にやれ』などと大反対したが、両親は周囲の声を押しきってまで純玲を受け入れてくれた。

しかし純玲を引き取ってすぐ、道隆の父で当時のオノデラ貿易の社長が突然倒れて亡くなる。道隆が後を継いだが、不況のあおりで経営難に陥った。

その後五年ほどかけて経営はなんとか持ち直したが、道隆は瑠美の父である弟に社長の座を譲り、本家を出て喫茶店のマスターになった。だから純玲は長男の娘であるが社長の娘ではなく、その上養子。

純玲は親戚や小野寺家に不幸を呼んだ疫病神だと、事あるごとに冷たくされてきた。従姉妹の瑠美もなにかと嫌みを言ってくる者のひとりだ。

両親は愛情を込めて純玲を育ててくれた。夫婦仲はよく、今も楽しそうにふたりで店を経営しているが、両親と本家との関係が険悪になったのは自分のせいだと純玲は思っている。

これ以上迷惑がかからないよう、就職を機に実家を出てひとり暮らしを始めた。

仕事にも真面目にコツコツ取り組み、その中でできた初めての恋人が肇だった。

しかし肇は、純玲がオノデラ貿易の社長の娘だと思って近づいただけのようだ。

(肇さん、お父さんのことどこで知ったんだろう)

わざわざ話すことではないから、会社では誰にも話したことはない。名字は小野寺ではあるが、そこから直接オノデラ貿易につながるとは思えない。

(肇さんは社内で顔が広いから、人事部の誰かから聞いたんだろうな)

プロポーズされたとき、純玲は自分が養子であることを初めて肇に告げた。血のつながりはなくても、両親は喫茶店を営みながら実の子どものように育ててくれたと。そんな大切な両親に会ってほしいと。

(でも、きっと肇さんは社長令嬢と結婚して将来は社長になりたかったのね)

あてがはずれたと思っていたとき瑠美が入社してきた。瑠美は自分がオノデラ貿易の社長令嬢だということを公言して憚《はばか》らなかったから、彼女が〝本物〟だと知った肇はすぐに瑠美に乗り換えることにしたのだろう。

「肇さん、私が社長令嬢だと勝手に勘違いしたのに、違うとわかった途端偽物扱いするなんて……。それに瑠美ちゃんと付き合うなら私と別れてからにしてほしかった」

明日からどうすればいいのだろう。

もちろん彼の本音と瑠美との関係を知った今、別れる選択肢しかないけれど、なにより困った問題があった。

「お父さんとお母さんに結婚するって言っちゃったよ……どうしよう」

両親に結婚したい人がいるから会ってほしいと連絡してしまっていた。なかったことにするしかないのだが、どう説明したらいいのか。

次々と襲いくる負の感情に押しつぶされ、ベッドに上半身を投げ出しながら動けずにいると、静かな部屋にスマートフォンの着信音が響き渡る。

一瞬、肇からの着信かと思ってビクリと体が強張《こわば》ったが、画面に表示されたのは〝白石さん〟。慌てて通話ボタンを押す。

「もしもし、白石さん？」

《純玲、久しぶり。元気だったか？》

声の主は白石泰雅という男性だ。大手法律事務所に所属する優秀な弁護士で、純玲より七つ年上の現在三十二歳。彼は大学生のとき父の喫茶店の常連で、父が頼んだのをきっかけに勉強を見てくれるようになった。中学三年生から大学受験が終わるまで、その後も英文科に進んだ純玲の英会話の先生としてずっとやりとりが続いていた。

「……はい、なんとか元気にやってます」

本当は今、元気とは対極のところにいます……と思いつつも、彼の落ち着いた低い声にふっと力が抜ける。

「白石さんは先月戻られたんですよね。おかえりなさい」

勤務先の指示でアメリカに留学していた泰雅は、四年ぶりに帰国したところだった。

留学中も彼は月に数回パソコン越しに純玲の英会話の練習相手をしてくれ、お互いの近況を伝え合っていた。

《あぁ。こっちに帰ってきてやっと少し落ち着いたんだ。一度仕事終わりにでも会えないか？　お土産も渡したいし》

「わぁ、いいんですか？　うれしいです」

《よかった。都合のいい日を教えてくれ》

そう聞かれて自分のこの先の予定を思い浮かべたが、なにもないし、この先恋人との予定が入ることもない現実に気づく。

「……いつでも大丈夫です！」

純玲は明るく答える。落ち込んでいると泰雅に気づかれたくなかった。

それに、四年ぶりに尊敬する相手である彼に会えると思うと、どん底だった気持ちが少しだけ上向いた気がした。

翌日の金曜の夜、仕事を終えた純玲は、泰雅に指定されたホテルのロビーで彼が来るのを待っていた。

いつでも大丈夫と言ったら《じゃあ、早速明日会おう》ということになったのだ。東京駅からほど近いホテルなので純玲の勤務先とは目と鼻の先。高層ビルの上層階がホテルになっており、ロビーは二十七階にあった。

早めに着いたのでフカフカのひとり掛けのソファーに腰を沈めながら、純玲は今日のことを思い出して心の中でため息をついた。

（なんか昨日からいろいろ起こりすぎて……。まさか私が秘書室に異動になるなんて）

昨日の今日でどんな顔で仕事をしたらいいのかわからないと思いつつ出勤した純玲だったが、幸か不幸か急遽インターン生の研修サポートに入らなければならなくなり、丸一日会議室で仕事をすることになった。居室にはほとんど戻れなかったため、肇はもちろん瑠美の顔も見ずに済んだ。

しかし研修が終わると、突然上司に呼び出され『来月から秘書室に異動してほしい』と告げられたのだ。

純玲にとっては青天の霹靂。

秘書室といったら仕事の能力はもちろん、容姿も優れていないと務まらないとされる百田ホールディングス一の花形部署だ。自分なんかに務まるはずがないと訴えたが『英語が堪能で勤務態度が真面目な若手を探していたらしくてね、小野寺さんピッタリじゃないか。もう決まったことだからがんばって』と、その後は引き継ぎスケジュールについての話になってしまった。

（自分はふさわしくないって理由で断ることができないのはわかってる。でも秘書室なんて不安でしかない。瑠美ちゃんと違う部署になるのはよかったかもしれないけど）

そんなことを考えながら、天井から下がる滝のように豪華なシャンデリアを眺めていると、斜めうしろの方から声をかけられた。

「純玲、悪い待たせた」

純玲は立ち上がって振り返る。そして視線の先にいる男性、白石泰雅の姿に目を奪われた。

彼も仕事帰りなのだろう。スリーピースの上質なブラックスーツに身を包んでいる。百八十センチを優に超える長身の引きしまった体つきに加え、背筋がスッと伸びて姿勢がいいので、スーツモデルかと思うほどの着こなしだ。

鼻筋が通った彫りの深い顔立ちで、アーモンドアイの双眸《そうぼう》も、男らしい口もとも絶妙な位置に配置されている。黒い髪の毛はさらりとうしろに流していて、決めすぎていないのがかえってかっこいい。欠点の見あたらない全方位イケメンは、醸し出す存在感で早くも周囲の視線を集めかけていた。

（うわぁ、画面越しで見るより百倍カッコいい……四年前よりさらに素敵になってる）

「い、いえ！　まだ時間前ですし」

つい見惚れていた純玲に泰雅はふっと微笑む。

「とりあえず行こうか」

彼は落ち着いた声で言うと、純玲をひとつ上の階にあるレストランに誘った。

通されたのは日本食の老舗《しにせ》レストランの個室だった。向かい合ったテーブル席に座りながら「懐石料理は帰国後初めてだから、楽しみだ」と泰雅は言う。

（私はこんな高級なお店自体初めてですが……）

昨日電話で『和食でいいか？　予約して連絡する』と言われ、居酒屋とは言わないまでももう少しカジュアルな店を想像していた。まさかこんな高級店だとは思わなかった。普段より少し綺麗めなワンピースを着てきてよかったと、こっそり胸をなで下ろす。

「改めて、久しぶり」

「お久しぶりです。そして、おかえりなさい」

ふたりはビールグラスを軽く合わせて乾杯をする。そういえば、泰雅とお酒を飲みながら食事するのは初めてかもしれない。

「純玲と酒を飲むなんて初めてだな。飲める方?」

彼も同じことを思ったらしい。

「そうですね、飲めなくはないです」

晩酌はしないが、飲み会のときは普通に付き合うし、つぶれたことも二日酔いになったこともないのでそこそこ飲める方だと思っている。

そう言うと、泰雅は「それなら、料理に合わせた日本酒も出してもらおう」とオーダーしてくれた。

すでに懐石コースを注文していたようで、少しずつ料理も運ばれてくる。

どれも上品な味つけでどんどん箸が進む。

「それにしても、こうして面と向かって話すのは久しぶりだな」

「画面越しには会っていたので変な感じがしますね。時差もあるのにレッスンに付き合ってくれてありがとうございました。おかげで仕事にも役立ってます」

東京とニューヨークの時差はサマータイムで十三時間、冬は十四時間ある。泰雅は純玲の帰宅時間に合わせて、出勤前に通話をつないでくれていた。

「それならよかった。たしか今は海外のインターン生のサポートをしてるんだよな」

「そうなんですけど、来月から異動になりそうで……」

純玲は秘書室へ異動になることを泰雅に打ち明けた。

「純玲なら務まるんじゃないか。きちんと周りを見て行動できるし、昔からコツコツがんばれる子だったから。難しいと思っていた大学にも地道に努力して合格できただろう？　まずは気負わずやってみたらいい」

「たしかに、どうせやるしかないんだから前向きに捉えた方がいいですよね」

彼に言われると、本当にどうにかなるかもと思えるから不思議だ。昔から泰雅は大人の余裕と気遣いで純玲の心に寄り添ってくれる。

（やっぱり素敵だな……素敵すぎて告白なんてできないと思ってたんだよね）

なにを隠そう純玲の初恋相手は泰雅だ。長い片想いだった。

自分のような凡人が、これほどまでに完璧な人を好きになること自体おこがましいかもしれない。でも、彼みたいな人が身近にいたら好きになるのは仕方がないと純玲は思っていた。

泰雅の実家は、企業や官公庁を顧客とする国内屈指の大手コンサルティング会社を経営しており、御曹司である彼はゆくゆく父親の後を継ぐ予定らしい。

弁護士になったのは将来に役立てるため。極めて優秀な頭脳で一流国立大学の法学部在学中に司法試験の受験資格を取得できる司法予備試験をパスし、四年生のときには司法試験まで合格した。

喫茶店の常連だった彼がなにげなく話したのを聞いた父が『頭いいんだね、ウチの娘の家庭教師してくれない？』と軽いノリで頼んだのだ。今さらながらとんでもない人にお願いしたんだなと思う。それでも彼は快く引き受けてくれた。

教え方がとてもうまかったし『白石さんにいいところを見せたい』とがんばったおかげで、塾に行かなくても純玲の成績は上々だった。

純玲は泰雅を信頼し、高校生のときに自分が養子であることも話した。両親と養子縁組の解消ができないかと思い相談したのだ。当時、純玲は自分が養子でいる限り、父が親兄弟と断絶したままだと悩み、思いつめていた。

すでに弁護士になっていた泰雅は『ご両親の気持ちを考えてみてほしい。君に娘でいたくないなんて言われたら、ひどくがっかりするんじゃないか』と真剣に諭してくれた。すぐに結論を出さなくてもいい。この先困ったことがあったら俺が全力で力になると。

あのとき、泰雅への淡い憧れは恋に変わった。でも有能な弁護士として活躍する大人の彼と、さして取り柄のない子どもの自分とでは差がありすぎる。教え子として関われるだけで幸せだと、恋心は秘めたまま過ごしてきた。

泰雅は忙しい時間を縫って、勉強はもちろん、進学先や就職についても相談にのってくれた。長い付き合いの中、親戚の妹くらいには思ってくれていたかもしれないが、もちろんそこから進展することはなかった。

四年前、彼が留学したのを機に純玲は不毛な恋に区切りをつけることにした。すぐに吹っきることはできなかったが、時間をかけやっと新しい恋に踏み出せていた……ひどい形で終わってしまったけれど。

純玲は苦い感情をごまかすようにビールを飲み干した。

泰雅はニューヨーク州の司法試験に合格し、そのまま現地事務所に企業法務の弁護士として勤務していたらしい。帰国後は勤め先のパートナー弁護士になったという。

「パートナー弁護士って、経営側になるってことですよね」

所長とともに事務所を経営する立場のパートナー弁護士になると、立場も収入も桁違いに上がるはずだ。

しかも彼の勤め先は国内でも大手の法律事務所。いずれは父親の後を継いで経営者になる身として、研鑽《けんさん》を積んでいるのだろう。ただただ感心するばかりだ。

(聞けば聞くほどエリートがすぎる。でも、白石さんほど優秀なら当然か)

「これからさらに所長にこき使われそうだけどな」

泰雅はスーツのジャケットを脱いでネクタイを緩める。それがだらしないどころか、大人の色気が漂うからイケメンは得だ。

その後も泰雅はいろいろな話をしてくれた。ずっと英語を学んではいるけれど海外に行ったことのない純玲にとって、泰雅のニューヨークでの生活の話はとても興味深かった。

料理に合わせて出された冷酒もすっきりしてとても飲みやすく、つい杯が進む。

「そうだ、これ、純玲にお土産」

食事もほとんど終わりとなった頃、泰雅は鞄から箱をふたつ取り出してテーブルにのせる。ひとつは高級チョコレート、もうひとつはかわいらしい装飾が施してある小箱。開けると中には銀色のチェーンのブレスレットが入っていた。

「わぁ……綺麗」

思わず感嘆の声が漏れる。

精巧に作られた菫《すみれ》の花のモチーフを華奢なチェーンがつなぐ、繊細だが存在感のあるデザインだ。素材はプラチナのように見える。これってかなり高価なものではないだろうか。

「向こうでたまたま見かけて、きっと純玲に似合うと思ったんだ」

「こんな素敵なものをいただいていいんでしょうか」

彼が自分を気にかけてくれたことのうれしさと、こんな高級なものをもらってしまっていいのだろうかという戸惑いがせめぎ合う。

「先々月、純玲の誕生日だったろう？　遅くなったけど受け取ってもらえたらうれしい。あぁでも、アクセサリーは婚約者に嫌がられるか？　いくら古い付き合いとはいえ、ほかの男からもらったって変に誤解されたらまずいかもしれないな」

「……あ」

泰雅の言葉が、純玲の意識を現実に引き戻す。

(そうだった。肇さんにプロポーズされた次の日が英会話の日だったから、浮かれて白石さんにビデオ通話で『結婚することになりそうです』と報告しちゃってたんだ……。こんなことになるなら、調子に乗って言わなきゃよかった)

言い淀む純玲の様子に気づいたのか、泰雅は訝《いぶか》しげな顔になる。

「たしか他部署の三つ年上の男と仕事を通じて知り合って、結婚するって言ってたよな。……なにかあったのか？」

（うぅ、よく覚えておいでで）

あのとき泰雅は『おめでとう、相手はどんな男だ？』と聞いてきたから、つい惚気《のろけ》のようにいろいろと話してしまっていたのだ。

久しぶりに会う泰雅にこんなバツの悪い話はしたくないと躊躇する。

「純玲？」

泰雅の形のいい目にじっと見つめられる。

だめだ、ごまかせる相手じゃないと純玲は早々に観念した。

「あの、実は……」

純玲は事情を泰雅に話した。概要だけ伝えてサラッと終わらせるつもりだったのだが、聞き手の巧みな誘導により、話の内容や状況までかなり事細かに話す羽目《はめ》になってしまった。さすが弁護士である。

でも自分のなけなしのプライドのために、かわいげがなくて地味で手を出す気になれないと言われたことだけは黙っていた。

「すみません……こんな話聞かせちゃって」

すべて話し終えた純玲はため息交じりにうなだれた。精神的にとても疲れた。聞いている方も気が滅入るだろうと申し訳なくなる。

「今からそいつに連絡。事実確認をして、こちらから別れるという通告をするんだ」

やけに平坦な声で泰雅が言う。思いがけない言葉に純玲は顔を上げる。

「えっ、今ですか？」

「こういうことは早い方がいい。個室だからここで電話すればいい。なんなら通話内容を録音するか？」

「いやいや、録音はさすがに」

ついツッコミを入れたが、泰雅の表情は冷静そのもので冗談ではないようだ。

（でも……たしかに早く決着をつけた方がいいかもしれない）

勇気はいるけれど、肇から別れを切り出されるのを待つより、自分で終わらせた方がいいと思えた。

「俺がついてるから。ただ事実と意思を伝えて」

「……はい」

たしかに弁護士がそばにいてくれる安心感はすごい。泰雅に背中を押してもらった純玲は、意を決してスマートフォンを取り出すと通話履歴から肇の名前をタップした。

五コール目でつながる。

《純玲？　今日も忙しくて。あまり話せないんだ》

声色が面倒そうに聞こえるのは肇の本心を知ったからだろうか。仕事中だという電話の向こうは喧騒の中にいるような賑やかさだ。とても会社にいるとは思えない。

（なんで、今までこの人の嘘に気づけなかったのかな）

やるせない感情は押し殺し、純玲は単刀直入に言う。

「肇さん。瑠美ちゃん……私の従姉妹とお付き合いしているの？」

一瞬息をのむ気配があった。きっと今の今まで、純玲が知るわけがないと思っていたのだろう。

《……誰かに聞いたのか？》

「昨日、会議室の備品置き場でふたりを見たし、話も聞いたの」

《うわ、あれ見られたのか……まあ、ちょうどよかった。そう、瑠美と付き合ってる》

肇はあっさりと認めた。

「……なんで」

理由はわかっているけれど、つい責めるような口調になる。

《なんでって、君が昨日聞いたまんまだよ。そりゃあ君には悪いなって思ってたけど、瑠美の方がいろんな意味で僕にふさわしいからね》

開き直った肇にもう怒りをぶつける気にもならなかった。

その後純玲が別れを切り出すと、肇は《手間が省けてよかったよ。瑠美とは結婚することになると思うから、余計なことを会社で言いふらさないでくれよ》と、言いたいことだけ言って電話を切った。

「……終わり、ました」

時間にして一、二分だったろうか。この短時間で彼との半年間が呆気なく終わった。

強張っていた体の力が一気に抜ける。

「がんばったな」

見守っていた泰雅が声をかけてくれる。

(思ったより取り乱さないで済んだ。ひとりじゃなかったからだな)

「白石さん、ありがとうございました。自分だとなかなか勇気が出なかったと思うから……早くケリをつけられてよかった」

「傷つけられた方が大切な時間を割くこと自体おかしい。不貞行為で慰謝料もらうことも可能かもしれないけれど、純玲は嫌だろう?」

「はい。もう関わりたくないです。なんだか男の人が信じられなくなりそう……」

昔から自分はそこそこ打たれ強い性格だと思っていたが、結婚まで考えた男性に裏切られ、ここまで軽んじられるとさすがにこたえる。

「彼にコロッと騙《だま》された私がいけないのかもしれないですけど」

「もう少し、飲むか？」

気を使ってくれているのだろう。泰雅はテーブルに残っていた冷酒を注いでくる。

ありがたく口に運ぶが、最初はおいしいと思った酒が今は苦く感じられた。そのとき、純玲はやっかいな問題を思い出した。

「お父さんたちにどう説明しようかなぁ、結婚相手に会わせるって言っちゃって」

「連れていく予定だったのか」

「そうなんです。そりゃあ楽しみにしてたんです」

昔から両親には『好きになった人と結婚して幸せになってほしい』と言われ続けてきた。

母の思いはとくに強く、四年前に交通事故で大けがをしたときも『すーちゃんの花嫁姿を見るまでは元気でいたい』とリハビリに励んだくらいだった。

結婚するから相手に会ってほしいと連絡したときは手放しで喜び、早く連れてこいと催促されている。別れたと言ったらかなりがっかりするだろう。

「私も両親を安心させたいから早く結婚したかったんです。バカですよねぇ、付き合って半年も経たない相手にプロポーズされたって浮かれて、結局従姉妹に取られるって……」

「まあ、たしかに早まったとは思うが」

「でもあのふたりはさっさと結婚しちゃいそうだなー。肇さん婿養子に入るのかな。瑠美ちゃんが結婚したら両親にも事情がばれちゃいそう。キツいなぁ」

純玲の独り言の口調がだんだんなめらかになってくる。いつもは泰雅相手にこんな口調になることはないのだが。飲み続けていたアルコールが回ってきたせいだろうか、なんとなく頭もぼんやりしている。

「瑠美ちゃんとか叔母さんあたりがノリノリでお母さんに連絡してきそうで怖い……いや、絶対するわ」

娘の恋人を姪に奪われたと聞いたら、両親は平静ではいられないだろう。本家との関係はさらに悪化するに違いない。

「私のせいで血のつながった人たちにケンカしてほしくない……」

普段は胸にしまっている本音がポロリと落ちる。寂しげな表情になっていたのだろうか、純玲を見た泰雅の目が一瞬見開かれた気がした。

「なら、彼らより先に純玲が結婚すればいい」

「先に結婚、ですか？」

思いがけない言葉に純玲は目を瞬かせる。

「そう。社会的地位のある男だとなおいい。自分の夫の振った女が、夫より格上の男と結婚したら向こうのプライド的に言い出せなくなるからな。それに純玲が幸せになるのを見たら、ご両親は外野になにを言われても余裕で流せるようになる」

なるほどと思う。自分が先に結婚して幸せになれば、肇のことは過去にできる。両親に知られたとしても、それほど悲しませることにはならないだろう。

でも、どう考えても現実的ではない。

「んー、それはそうですけど、都合よくそんないいお相手なんか見つかりませんよ」

「俺はどうだ？　その結婚相手」

「へっ？」

思いがけない言葉に驚いて、変な声が出る。

「自分で言うのもなんだが、俺は弁護士で収入もそこそこある。しかも君のご両親には、うぬぼれでなければそれなりに信頼してもらってる」

「その通りですし、ウチの両親はそれなりどころじゃなく、白石さんのこと信頼しまくってますが……」

結婚相手として申し分ないどころの話ではない。ハイスペックすぎる。たしかに彼と結婚すると言ったら両親は諸手《もろて》をあげて大賛成するだろう。

（表情あんまり変わってないけど、実は白石さんも酔ってるとか）

泰雅は酔うと突拍子もない冗談を言うタイプなのだろうか。

「いやいや、さすがにそういうわけには。白石さんのご迷惑にしかなりませんから……あはは」

純玲は苦笑して両手を左右に振る。

「それが迷惑でもない。俺も助かる」

泰雅は淡々と説明を始めた。

「実は帰国した途端、勤め先の事務所の所長が待ち構えていたように娘との縁談を勧めてきて困っているんだ。彼女とは旧知の仲だが、結婚は考えられなくて穏便に断りたいと思っている」

しかし今回断っても、独身でいる限り今後も仕事絡みはもちろん、後継ぎとして早く身を固めてほしいと望んでいる両親から見合いが持ち込まれるのは目に見えていて面倒だと言う。

「お見合いは嫌なんですか？」

「見合いから結婚までにかける時間があるのなら、今は日本での仕事を落ち着かせたい。結婚はその後だと思っていた」

たしかに日本に帰国したばかりで、見合いして結婚しろと周囲に圧力をかけられ続けたら、当人にその気がなければ面倒かもしれない。

「さらにこの業界は既婚者の方が弁護士として信用されるから、仕事もしやすいんだ」

「そういうものなんですね……」

彼ほど能力を持っていれば、既婚か未婚かなんて仕事のしやすさに関係なさそうだけれど。

「純玲が妻になってくれたら、俺は周囲に干渉されない上に仕事もしやすくなる。代わりに俺は君の結婚相手としてご両親に挨拶に行くし、夫として振る舞う。望むなら結婚式を挙げよう。これでお互いの目下《もっか》の問題は解消する」

ポカンと聞いている純玲に、畳みかけるように泰雅は続ける。

「お互いの利益のために結婚しないか？　契約期間はまず二年。それだけあればほとぼりは冷める。満了後、円満離婚すればいい。延長が必要であれば一年ずつの継続も可能にする。途中で契約を終わらせたい場合も、契約終了一カ月以上前までに必要だと思う方が申し入れを行い協議する。その他、契約を継続するために必要なことが生じたら双方誠意を持って話し合うというのはどうだろう」

（あぁ、やっぱりそうだ。これ、弁護士ジョークだ）

次々と出てくるまるで契約書のような内容は、純玲のせいで暗くなった場を明るくしようと工夫してくれているんだろうと、純玲は彼の言葉をすべて冗談と捉えた。

酔いも手伝ってか、なんだかおもしろくなってきた。

（なら全力で乗っからないと！）

「ふふ、白石さんと結婚できるなんて素敵ですね。わかりました。契約します！　よろしくお願いしますね」

「これで契約……いや、婚約成立だな」

笑って元気よく返事をした純玲に応えるように、泰雅はフッと顔を綻ばせた。

その淡い笑みに不穏な雰囲気を感じ、純玲はなぜか追いつめられたような気持ちになる。

（え、冗談、なんだよね？　なんだろう、急に気まずくなってきた）

沈黙が落ち着かず、今会話を途切れさせてはいけないという謎の焦りを感じ、純玲は話を続けた。

「えっと、あの、契約だとしても私を奥さんにしていいんですか？　お役に立てるかどうか。だって彼に『男慣れしてなくてかわいげがない』って言われたんですよ。それって女として魅力がないってことで……」

「あいつにそんなこと言われたのか？」

泰雅はわかりやすく眉をひそめた。焦りから会話のチョイスを完全に間違えたらしい。しかし引っ込みのつかない純玲はさらに迷走する。

「き……キスはされたことあるんですけど、拒否感が先立っちゃってそれ以上はできなくて……」

（私はいったいなにを口走っているの。こんな話白石さんが困るだけじゃない）

でも、口に出してみて改めて実感する。瑠美のようにかわいらしい女性だったら、男性慣れしていたら、少しは扱いが違っていたのだろうか。〝社長の娘〟でなくても好きになってもらえたのではないだろうか。

「それも、いけなかったんですかね」

結局ふたりの間に深い沈黙が落ち、純玲はいよいよ居たたまれなくなった。もう帰った方がいいかもしれない。そう思ったときだった。

「純玲、左手出して」

「え？　は、はい」

ふいに言われ、純玲は膝の上で握っていた左手を持ち上げ、素直に彼の方へと差し出す。

泰雅はテーブルに置いたままになっていた小箱からブレスレットを取り出すと、純玲の細い手首に通し、器用に留め金を止めた。そのとき少しだけ彼の熱い指先が手首に触れ、思わずドキリとする。

ひんやりと吸いつくような感覚とともに、純玲の手首が華奢なチェーンで彩られた。

「ありがとう、ございます」

落ち込む自分をこうして慰めてくれているのだろう。彼の気持ちがうれしい。

(本当に綺麗。結局もらっちゃったけど、一生大切にしよう)

純玲は頬を赤く染めながら手を引き戻そうとしたが、泰雅の大きな手のひらによって手首を掴《つか》まれていて動かせない。逆に彼の顔の方へ引き寄せられていく。

(……え?)

純玲はあぜんとしながら目の前の泰雅を見る。彼も自分を見つめていた。

手首を掴む彼の手のひらにも視線にも、熱がこもっている。

「同意してもらえるなら、今夜はこのまま俺と過ごしてほしい。君がどれだけ女性として魅力的なのか俺が証明するから」

そう言うと泰雅は純玲を見つめたまま、ブレスレットが飾られた手首の内側に唇を寄せた。

「普通の部屋しか取れなくてすまない」

「い……いえ、そんな」

泰雅が純玲を誘ったのは、食事をしたレストランよりも上層階にあるホテルの客室だった。

こんなハイグレードなホテルの客室に入るのが初めての純玲には、〝普通〟がなんなのかよくわからない。

入ってすぐの広々とした空間には、シンプルだが曲線的なセンスのいい応接セットやドレッサーが置かれていた。正面には大きな窓があり、都心の景色を一望できる。少なくとも自分が今まで訪れた宿泊施設の中では一番広くて、高級感にあふれている。

でもいろいろ探索する余裕は今の純玲にはない。

『今夜はこのまま俺と過ごしてほしい』と言われ、純玲は数秒固まった後無言でうなずいた。そして今ここにいる。

酔って大胆になっている自覚はあるが、泥酔しているわけではない。ちゃんと自分の意思でここまで来たのだ。

結婚を考えていた男性に『かわいげがなくて、地味で、女としてつまらない』と思われていたことに純玲は傷ついていた。一方で、本当のことだから無理もないという気持ちもあった。

今夜がそんな自分を変えるきっかけになるのではと思った。それを自棄《やけ》になっていると言うのかもしれないが。

(初恋の男性に初めてをもらってもらえるのならいいじゃない)

泰雅は手に持っていた鞄とスーツの上着をソファーの上に置くと、ネクタイの結び目に手を入れてしゅるりとはずし、上着の上に重ねた。純玲はその仕草をぼんやりと見つめる。

ワイシャツの首もとのボタンをひとつふたつと開けながら、彼は明かりの落ちた奥のベッドルームに進む。

「おいで」

キングサイズと思われる大きなベッドに腰掛け、純玲を呼んだ。

彼の声に操られるように純玲はベッドに座る彼の前に立つ。

泰雅は純玲の両手を下から添えるようにそっと持ち上げて握り、顔を見上げてくる。

「怖い？」

「……怖くは、ないです」

しいて言えば、この夜を越えた後、今までの家庭教師と生徒という穏やかな関係が終わるだろうことが寂しかった。だからといってこれを機に恋人になりたいなどと、おこがましいことは考えていない。

（白石さんが傷ついた私を慰めようとしているだけなのはわかってる。ずるいけれど、それに甘えさせてください）

なにより、レストランの個室で泰雅の唇が自分の手首に触れた瞬間、甘い感覚が体を走り、この人に身を任せたいと思ってしまったのだ。

頬を染め潤んだ瞳で泰雅を見る純玲の手を彼は引き、やや強引に自分の横に座らせたと思うと大きな手のひらを頬に添え、唇を重ねてきた。

「ん……」

優しく重なっていた唇は、一度離れると頬や目もとに押しつけられていく。

泰雅は純玲の眉間に唇をあてながら、低い声で聞いてくる。

「嫌か？」

きっとキスに拒否感があったという話をしたから、気遣ってくれているのだろう。

「……すごいドキドキするけど、全然、嫌じゃない、です」

純玲は素直に答えた。心地よさはあっても、嫌な気持ちにはまったくならない。肇との違いに驚くくらいだ。

彼は「そうか」と言うと再び唇を重ねてきた。

上唇、下唇をそれぞれ優しく挟むようにしていた泰雅は、やがて唇全体を覆いかぶせてくる。徐々に純玲の思考は甘く溶かされていく。

(白石さんとのキス……気持ちいい)

ほっとして唇が緩む。それを待っていたかのように、彼の舌が純玲の口の中に侵入してきた。

「は、ふう……ん……！」

彼の舌が純玲の口の中を確かめるようにゆっくりと動く。くぐもった声を出しながら、純玲は必死に彼を受け入れる。先ほどのキスはお遊びだったのかと思うくらいの踏み込んだ行為に、純玲の息は早くもあがる。

気づけば、泰雅と並んでベッドに腰掛けていたはずの純玲の体は仰向けに投げ出され、組み敷かれていた。

「あの……っ、今さらなんですけど、シャワーとか」

覆いかぶさる彼に向かってなんとか声を出す。今日一日働いた上、食事までしたという現実が突然気になりだした。

「すまない、俺も今さら止まれそうもない」

泰雅は純玲を見下ろしながら端的に言う。薄暗い部屋の中でも彼の精悍さは隠しきれず、こちらを見つめる瞳は怖いほど真剣だ。

純玲は美しい猛獣に、逃げられないよう押さえつけられた感覚になる。

純玲の反応を待たずに彼の唇が再び重なる。それを純玲は受け入れた。

「ん……」

キスを続けながら泰雅は純玲の体のラインを確かめるように手を這わせ、なぞっていく。太ももから腰に上がり、やわらかい胸の膨らみまで。

「んっ、し、白石さ……」

ゾワゾワとした感覚に思わずすがるような声が出てしまう。

「白石さんじゃなく、名前で呼べよ。泰雅と」

泰雅は純玲の首筋に唇を這わせ、ワンピースの前ボタンをすばやくはずしていく。

「は、む、無理ですっ」

長年親しみを込めて使っていた呼び方を変え、急になれなれしく名前でなんて、なんだか裸になるより恥ずかしい気すらする。

「呼んで」

泰雅は抵抗する純玲の耳たぶに唇をあてたまま、短く言った。

「んっ……！」

背筋にゾクゾクした感覚が走る。

純玲は昔から彼の低い声に弱い。恋心を自覚してからは、彼に甘くささやかれてみたいとひそかに思ったこともある。

吐息とともに艶のある彼の低く甘い声が直接鼓膜を震わせ、脳が溶けそうだ。いや、もう溶かされている。

「……た、泰雅、さん」

初めて呼んだ彼の名前が舌足らずになってしまった。

「ああ、君はかわいいな。純玲」

彼の吐く息がさらに熱くなった気がする。

「そうやって何回でも俺の名前を呼べばいい」

あっという間に服も下着も取り去られ、純玲が身に着けているのは銀色に光るブレスレットだけ。純玲をまたぎ膝立ちになった泰雅も迷いなく上半身をあらわにした。

その体躯にはいっさい無駄がない。逞《たくま》しく、しなやかに引きしまっている。

泰雅は初めての純玲を慮《おもんぱか》ってゆっくり進めてくれた。時折「綺麗だ」「かわいい」とささやいてくれる。自信を失った自分を慰めるための言葉だとわかっていても、本当にそうなのかもしれないと思わせてくれるような甘い声だった。

純玲は胸に舌を這わせる泰雅の頭を夢中で抱きしめ、彼の指に体を開いていった。

「純玲の全部をもらう。いいか？」

やがて彼にはっきりと問われる。溶かされた思考のままうなずいた純玲は、彼の熱を受け入れた。

「んっ、た、泰雅さん……！」

「純玲、力を抜いて」

「あ……っ」

「大丈夫か？」

奥までつながると労わるような唇が額に落ちてくる。見ると彼の息もあがり、なにかを耐えるように端整な顔をしかめていた。

「……はい」

初めて見る彼の表情に胸が切なく震える。純玲は覆いかぶさる泰雅の背中にすがるように手を伸ばし、抱きしめた。

逞しい背中は少し汗ばんでいて熱い。すると泰雅も表情を緩めて抱きしめ返し、額にキスを落としながら純玲の髪を優しくなでてくれた。

「純玲……」

自分を呼ぶ少しかすれた声はやはり甘く優しい。まるで本当の恋人同士のような触れ合いに純玲の心は慰められ、無性に泣きたい気持ちになる。

(やっぱり白石さんに初めてをもらってもらえてよかった……。きっと、これで前を向いて歩いていける)

しばらくそうした後、泰雅は純玲を気遣いながらゆっくりと体を動かし始める。やがて激しくゆすぶられ、お互いの感覚を高めていく行為へと変わる。純玲はついていくのが精いっぱいだった。

「あ、あっ……!」

「純玲っ」

息を詰める気配とともに泰雅は果て、限界を超えた純玲は意識を飛ばした。


その夜、純玲は自分が幼い頃の夢を見た。

『純玲を施設にやれっていうんですか。まだ五歳ですよ⁉』

いつもおもしろくて優しい道隆おじさんが怒っている。

『父親の素性もわからない人間が小野寺家の名を名乗ることは認められない、それくらいのことがわからんのか』

怖い顔で睨んでいるのは道隆おじさんのお父さんだ。隣で道隆おじさんのお母さんも顔をしかめている。

『雪乃さんの友達が生んだ子なんでしょ。うちにはなんの関わりもないじゃないですか、わずらわしい』

『あの子は真紀《まき》を……母親を亡くしたばかりで、ひとりぼっちなんです。どうか、お願いします』

いつもニコニコ笑ってくれる雪乃おばさんが悲しそうにしている。

夢の中の幼い純玲は、大人たちが言い争っているのをドアの陰からこっそりと見ていた。

『道隆、お前は小野寺家の長男だろう。自覚を持ちなさい』

『父さん。僕は自分がまともな大人だという自覚があるからこそ、純玲を放り出すことはできません。もちろん会社もしっかり経営してみせます。お願いします。あの子を養子にすることを許してください』

『兄さんたちに子どもができないからって、なんでわざわざ他人の子を引き取って面倒なんて見るんだよ。第一、将来財産はどうするつもりなんだ。まさかあの子にやるつもりじゃないだろうな』

あきれたように言っているのはおじさんの弟だ。幼い純玲には内容はよくわからないけれど、自分のせいで大人たちが言い争いをしていることはわかった。

（すみれがこのお家にいるからケンカしているの？　すみれのせい……ごめんなさい……ごめんなさい）

純玲は夢の中でずっと謝り続けていた。


翌朝、純玲はホテルのベッドで目覚めた。久しぶりに幼い頃の夢を見たせいか、いつもに増して寝起きが悪い。

それだけでなく、いつもとは違う体の重さがあった。

意識がはっきりした純玲は、この部屋で泰雅と犯した〝一夜の過ち〟をしっかり思い出した。

「あぁ、なんてことを……」

立たない腰を叱咤しつつ部屋を確認したが、すでに泰雅の姿はなかった。無理もない。お互い酔った勢いとはいえ、教え子である自分と一線を越えてしまったことに彼は罪悪感を覚えたはず。

きっと顔を合わせづらくて先に部屋を出たのだと思った。気持ちは純玲も同じなのでホッとする。

(白石さん、ごめんなさい。でも、私にとっては幸せな時間でした)

彼は女としての自信を失っていた純玲に同情し、慰めるために抱いてくれたのだろう。実際、本当に女性として大切に愛されているような気持ちにさせてくれた。おかげで肇のことは吹っきることができそうだ。この先、新しい出会いがあってもきっと前向きに捉えられる……と思う。

スマートフォンを見ると時刻はすでに午前十時になろうとしている。さらに泰雅からのメッセージに気づき、驚きで取り落としそうになった。

【おはよう。体は大丈夫か？　ひとりにしてすまない。用事があるので少し出てくる。レイトチェックアウトにしてあるから部屋で待っているように】

なんと、彼はこの部屋に戻ってくるつもりでいるらしい。純玲は焦る。

「無理。どんな顔して会ったらいいかわからない……ていうか、合わす顔がない。

戻ってきちゃう前においとまさせていただこう。うん、それがいい」

一瞬で逃亡を決めた純玲はすばやく身支度を整えた。

弁護士をするくらい誠実な彼だ。純玲に対して責任を感じているのかもしれない。

気にしないでほしいから、もう彼とは会わない方がいいかもしれない。

（失礼をお許しください、昨日のことはいい思い出にします。だから忘れてください）

純玲は心の中で謝罪しながらドアノブを勢いよく引いて――そのまま固まった。

開いた扉の向こうに泰雅が立っていた。ちょうどカードキーで開錠しようとドアの前に立ったところだったようだ。

「……白石さん」

「やっぱりな。急いで戻ってきてよかった」

彼は困ったように笑うと部屋に入ってくる。妙な迫力と近づく距離に思わず純玲は後ずさりし、彼の背後で静かに扉が閉まった。純玲の逃亡は失敗に終わった。

「純玲、おはよう。あとただいま。さあ、昨日の話の続きをしようか」

口もとに笑みをたたえたまま泰雅は純玲の肩に手を置き、体ごと回転させるとそのまま室内に誘う。

「き、昨日の話？」

ナチュラルに部屋に逆戻りしている。慌てる純玲に泰雅はサラリと答えた。

「もちろん、俺たちの結婚についてだ」

「……結婚？」

思いがけないワードに純玲の思考能力が停止する。

「とりあえず、座って」

泰雅は言葉を失う純玲を部屋のソファーに座らせると、ミニバーでコーヒーを淹れてテーブルに置き、自分も斜め前に座る。

「純玲、体はつらくない？」

「……はい、いえ、大丈夫です」

曖昧すぎる返事をした後、昨夜の情事の様子がフラッシュバックし純玲の顔に熱が集まる。

「二日酔いにはならなかったです。でも、ちょっと日本酒飲みすぎちゃいましたかね」

あえて明るく〝そっち方面〟ではない話に持っていこうとする。

「いや、酒じゃなくて、君は初めてだったから心配だったんだが」

「うっ……」

（なんで平然と核心に触れるようなことを言うんですか！）

「腰はまだちょっと痛……いっ、いえっ、そのっ、問題ありませんっ！」

正直に答えかけたのをごまかそうとしたら、上官に報告するようなテンションになってしまった。恥ずかしい。

「それならよかった」と微笑む泰雅の整った顔は、朝から麗しくまぶしい。

（ホント大それたことをした……。酔ってなかったら、白石さんとあんなことできなかった）

彼は昨日とは違う濃紺のスーツを着ているが、やっぱり似合っている。髪もうしろになでつけているので、朝から仕事があったのだろう。

考えてみたら、泰雅は初めてだった純玲をひとりホテルに置いて帰るような人ではない。きっと仕事が入って一度ホテルを出たが、純玲のために戻ってきてくれたのだ。顔を合わせたくないから帰ったのだろうと思った自分が情けない。

「お仕事だったんですよね？　わざわざすみません。私は大丈夫ですから」

「仕事というか、いろいろ手配してきたんだ」

「手配、ですか？」

首をかしげる純玲に、泰雅は鞄から一枚の書類を差し出す。

「これ、なんですか？」

受け取った純玲は、手もとの書類に記載された内容に限界まで目を見開く。

「見ての通り、婚姻届」

「わかってますけど、なんで証人欄に私のお父さんの名前が書いてあるんですか⁉」

婚姻届の夫になる人の欄には、泰雅の氏名が記入済み。驚いたのは、証人欄に〝小野寺道隆〟と父の名前が父の筆跡で記入されていることだ。

それだけではない、もう片方には〝白石昌宗《まさむね》〟という名前が記入されている。泰雅の父だろうか。あとは妻側に記入し押印をすればいいだけになっている。

「朝一でご実家にうかがって『純玲さんをください』と頭を下げてきた。君はよく寝ていたし、昨日の今日で無理させたくなかったからひとりで行ってきた」

泰雅は淡々と続ける。

「善は急げと思って、俺の実家にも寄って父に記入してもらった。あとは純玲が書いてくれれば完了。週明けに区役所に提出に行くけど、君が仕事なら俺が――」

「ちょっ、ちょっと待ってください、まさか……」

どんどん具体的になっていく話に純玲は焦る。

「昨日契約したじゃないか。俺と結婚するって」

純玲とは対照的に、泰雅は落ち着き払っている。

たしかに昨夜そんな話をしたのは覚えている。お互いの利益のために契約という形の結婚をしようという話になった。でもその場を和ませるための冗談だと思っていた。

「あれ、弁護士ジョークじゃ……」

「弁護士ジョーク？　俺はあんなこと冗談で言わない。お互いに利があると思って提案した。君も了承したよな。知ってるか？　口頭でも契約は有効とみなされるんだ」

泰雅はソファーのひじ掛けに体重をのせながら鷹揚に構えている。

「え……」

──『ふふ、白石さんと結婚できるなんて素敵ですね。わかりました。契約します！　よろしくお願いしますね』

昨日ノリで応えた自らのセリフを思い出す。残念ながら記憶はしっかり残っている。

「で、でも……」

想定外の展開に混乱していると、鞄の中でスマートフォンが震えて着信を告げる。

画面を見ると母からだった。

「お母さんなんですけど……」

嫌な予感しかしない。

「純玲のお母さん、ずいぶんはしゃいでいたからな。出てあげて」

泰雅に促されて通話ボタンをタップする。

《すーちゃんったら、結婚したい相手って白石さんだったのね！　なんで会社の先輩だなんて嘘ついてたのっ》

「お、お母さん……」

つながった途端に母の甲高い声が耳に響く。たしかにはしゃいでいる。

《今朝早く白石さんが見えて『純玲さんをください』って頭下げてくださったのよ》

母の話によると、純玲は恥ずかしがって黙っていたけれど、純玲が大学に入った頃からふたりは交際を始めた。四年前から遠距離恋愛になっていたが、泰雅は帰国を機にプロポーズし純玲は受け入れた。本当は今日ふたりで挨拶に行くつもりだったが、泰雅に急な仕事が入ってしまい、とりあえず帰国の挨拶も兼ねてひとりで結婚の許しをもらいに行った……ということらしい。

さすが泰雅だ。多少無理がある説明も、今までの信頼と実績で完全に両親に受け入れられている。

どうやら純玲が惰眠をむさぼっている間に、外堀は彼によってコンクリートを流し込まれ、埋め固められていたらしい。

「お母さん、あのねっ……」

それは違うの、と言おうと思った純玲だが、母の勢いに押されうまく言い出せない。

《お父さんもお母さんも、あなたが好きになった人ならと思っていたけど、白石さんなら安心して任せられるわ。お父さんも喜んじゃって、今日はお祝いに全メニュー半額にしちゃおうかなんて言いだして大変よ。でも本当によかった……きっと、真紀も喜んでるわ……》

母の声のトーンが急に落ちる。実母の名前まで出して、涙で声を詰まらせているようだ。

（無理……この状況で本当のことは言い出せない）

純玲が一番つらいのは、周囲の反対を押しきってまで養子にし、育ててくれた両親を悲しませることなのだ。こんなに喜んでくれている母をがっかりさせたくない。

結局純玲は否定するどころか、後日改めてふたりで実家に行く話までして電話を切った。

「白石さん、なんで……」

母との会話で疲れきった純玲は力なく泰雅を見る。

「君のことだから、話を進めようとしたら『契約結婚なんて周りを騙すようなことはやめましょう』と言いだしそうだなと思って先手を打たせてもらった。俺としては君を逃がしたくないんだ……どうしても」

その言葉に純玲はドキリとする。まるで純粋に自分を妻として熱望されているような気がして。

(勘違いしちゃだめ。白石さんは所長のお嬢さんとの縁談を断るため、既婚者になって仕事をしやすくするために妻が欲しいって言ってたじゃない)

二年間だけ契約結婚しようと言われて、すぐに『はいわかりました』と了承する女性はそうはいないだろう。自分は彼にとって貴重な契約相手。だから彼は自分を逃したくないのだ。

それに奇襲感は否めないけれど、彼は純玲の両親に挨拶をするという契約内容を履行してくれている。

テーブルに置かれた婚姻届をじっと見つめていると、泰雅はスッとそれを純玲の方にすべらせる。

「契約期間の二年、ふたりで協力してうまくやっていかないか？」

「……わかりました。よろしくお願いします」

こうして純玲は、婚姻届という契約書に印を押すことになった。

2　契約結婚には妻の自覚が不可欠です

怒涛の週末が明けた月曜。純玲が出勤すると、職場ではすでに純玲と肇が別れたことが話題になっていた。

総務部には女性が多いから、そういう類《たぐい》の噂が飛び交うのが非常に早い。なんとなく同僚たちから遠巻きにされているような気がしたが、隣の席の同僚にこっそりと「ねえ、佐久間さんと別れたって本当？　結婚間近だったのよね」と聞かれ、やっぱりと確信した。

どうやら噂を流したのは瑠美らしい。ちらりと彼女のデスクの方を見ると、目が合う。彼女はふふっと勝ち誇ったような笑みを浮かべていた。

（そんな噂を流す暇があったら、仕事をちゃんとすればいいのに）

彼女は外見こそ綺麗にしているが、業務に関しては真面目とは言いがたくミスが多いため周囲を困らせていた。上司が『よくウチに入社できたよな……あぁ、縁故なのか』とつぶやいていたのを聞いたことがある。

オノデラ貿易は百田グループの関係会社と取引があるから、コネで入社したのかもしれない。

苦々しい気持ちにはなるが、純玲側の事情が激変したことで、あいにく瑠美を気にしている場合ではないのが正直なところだ。

(もし肇さんと別れただけだったら、こんなに冷静ではいられなかったかもしれない)

純玲はさりげなく瑠美から視線をはずすと、黙々と目の前の仕事を進めていった。


「ちょっと純玲、聞きたいことがいっぱいありすぎるんだけど!」

昼休み、同期の武井《たけい》泉《いずみ》に外ランチに連れ出された純玲は、会社から少し離れたビル内の喫茶店でパスタセットを前に詰め寄られていた。

「ええと、噂通り、肇さんと別れました。……あと、来月そちらに異動になります」

泉とは入社研修時のグループで一緒になった縁からずっと仲よくしている。色白で綺麗な顔立ち、肩まで伸ばしている栗色の髪、スラリとした体形で儚げな印象の彼女ではあるが、仕事の能力もあり、入社当時から秘書室に勤務している。

「純玲が秘書室《うち》に来るっていうのもびっくりしたけど」

「もうそっちでは情報開示されたんだ?」

「社長秘書の神崎《かんざき》さんがこっそり教えてくれたの。『小野寺純玲さんって武井さんと同期でしょう？』って。あの人社長秘書のくせにユルいからね。どちらにしても今日明日中に周知されるでしょ？」

「んー、そうだろうね。私に務まるか心配だけど、とりあえず泉がいてくれるから心強いよ」

「純玲がウチに来てくれるのはうれしいからいいけど、佐久間肇の方！　アンタ、従姉妹に横取りされたって噂は本当なの？」

興奮して泉の声のボリュームが上がる。会社の人がいない場所を選んで正解だった。

「横取りっていうか……まあ、私が肇さんと別れたことは本当」

アイドルグループにいてもおかしくないくらい清楚系の容姿をしている泉だが、性格ははっきりしていて歯に衣着せぬ物言いをする。地味女子を自負し、誰とでも仲よくできるタイプではない純玲にとって泉は大切な友人だ。

純玲が別れた理由を話すと「あんの野郎」とか「あの従姉妹、性格悪すぎ」と美しい顔をゆがませてパスタを食べていたのだが、しばらくすると手が止まった。

「……あとね、純玲が養子だって話も噂にくっついて回ってる」

泉は少し言いづらそうに小声で言葉を落とす。

「そうなんだ」

純玲は初耳だった。さすがに肇と別れたのかと聞いてきた同僚も『小野寺さんは養子なの?』とは聞きづらかったのだろう。出所は瑠美であることは間違いない。彼女のことだから、あることないことをアレンジして付け加えている可能性すらある。

「養子なのは本当。別に秘密にしていたわけじゃないけど、わざわざ言うことじゃないと思って、泉にも言ってなかった。ごめん」

純玲が謝ると、泉は「うん、そっか」とつぶやく。

「たいしたことじゃないから言わなかったんでしょ。私もそれでいいと思う。もういい大人なんだし、養子だからって純玲のなにかが変わるわけじゃないし」

泉はなんでもないことのようにサラリと流してくれる。その友人の気遣いが心からうれしい。

「うん……ありがとね」

泉はそれ以上養子のことには触れずにいてくれた。

「後から言うのもアレだけど、佐久間ってなんか人あたりがいいだけで中身なくて、あんまり私は好きになれなかったのよね。そんな薄っぺら野郎、結婚前に別れられてよかったんじゃない?」

「あはは、そうかも」

「でも案外ダメージがなさそうでよかったわ。相当落ち込んでるんじゃないかって心配だったの」

「うん、今はあんまり気にしてない。心配かけてごめん」

「いいって。それより次いこうよ次。純玲はさ、落ち着いた雰囲気の美人だからお近づきになりたいっていう男性社員だっているのよ。きっといい人見つかるから！」

「あはは、それはどうかな……あ、もうあんまり時間ないから食べちゃおっか」

「わ、ほんとだ。急がなきゃ」

ランチタイムも終わりに近づいている。話に夢中になって半ば放置されていたパスタを、ふたりは慌てて食べ始めた。

自分のことのように怒り心配してくれる友人に感謝すると同時に、純玲はまだ彼女に重大なことを言っていないことを申し訳なく思う。

（今日、白石さんが区役所に婚姻届を出しに行ってくれてるんだよね……）

記載内容に不備がなければ、すでに自分は戸籍上〝白石純玲〟になっているはずだ。現実感がなさすぎる。

（泉、ごめん……。肇さんと別れたその夜、ほかの男性と体の関係を持ち、その人と今日結婚しました。ちなみに契約結婚です、なんてさすがに言いだせない）

もう少し結婚のことは黙っておこうと思う純玲だった。


「純玲、朝だ。起きて」

「……んー」

（あぁ、なんていい声）

純玲好みの低い艶のある声が耳もとで聞こえる。まどろみながら聞き惚れていると、スマートフォンのアラーム音も鳴り響いていることに気づく。手を伸ばしてアラームを止めると、目の前に声と同じく麗しい顔があった。

「純玲、おはよう。そろそろ時間」

「あ、白石さ……泰雅さん、おはようございます」

夫を名字で呼ぶのはおかしいから名前で呼ぶようにと言われているが、長年染みついた癖はなかなか抜けない。寝ぼけていたらなおさらだ。

「朝食できてるから食べよう。顔洗ってきて」

そう言うと泰雅は寝室を出ていく。

「うぅ、今日も先を越された……」

純玲は朝から大きなベッドの上でひとり落胆する。

ここに引っ越してから一週間ほど経つが、まだ一度も彼より先に起きられたことがない。

あの日、婚姻届は無事受理され、純玲は泰雅と夫婦になった。フットワークの軽い泰雅がどんどん調整し、次の週末にはお互いの家族にも改めて挨拶に行くことに。純玲の実家はもちろん、泰雅の実家である白石家でもこの結婚を歓迎してくれた。

都内屈指の高級住宅街として知られる成城《せいじょう》にある白石家は立派な門構えの邸宅で、住む人たちも立派だった。泰雅の父は大会社を経営しているとは思えないくらい気さくな人だし、母も社内結婚後も退職せず勤めながら子育てをしたというキャリアウーマンだったらしくさっぱりした性格の人なので、純玲は心底ホッとしたのだった。

挨拶と並行して進めていた引っ越しも早々に済み、婚姻届を提出してから二週間後には泰雅の住むマンションへの引っ越しが完了していた。

東京駅から歩けるという超がつく一等地に佇むこの高級マンションは、家業と離れIT企業を経営する彼の弟夫婦が資産目的で所有していた物件で、泰雅が帰国するにあたり買い上げたらしい。

彼は『勤め先の大手町《おおてまち》から徒歩圏内で便利だが、ひとり暮らし前提で買ったから新婚生活にはちょっと手狭かも』と言っていたのだが、広々設計の3LDKなので純玲が転がり込んでも十分に広い。

落ち着いたシンプルモダンな内装、キッチンや水回りも最新設備だし、上層階なので眺めも非常によく開放感があった。

洗面室に行き、軽く身支度した純玲はその開放感のあるリビングダイニングのドアを開ける。

「朝食を作ってもらっちゃってすみません」

「簡単なものだけだ。ほら座って」

泰雅はダイニングテーブルの上にトーストやサラダ、トマトジュースなどを次々と並べてくれる。

Tシャツとスウェット姿の彼はラフすぎる格好なのに、まったくだらしなく感じないからイケメンはズルいなぁと思う。

ふたりで席に着き、純玲はいただきますと手を合わせてからトマトジュースを飲む。味が濃くて肌にいいリコピンがいっぱい入っていそうだ。

「おいしい。健康になれそうな味がします」

「君は新しい職場で大変だろう？　少しでも栄養を取った方がいい」

泰雅はトーストを食べながら言う。これは彼が昨日、東京駅構内のショップで目についたからと言って買ってきた高級食パン専門店のものだ。

たしかに純玲は異動になってから日が浅いため業務を覚えるのに苦労はしているが、弁護士として飛び回る泰雅の方がはるかに多忙なはず。

「いえ、泰雅さんの方が大変じゃないですか。今日は東京オフィスですか？」

「いや、横浜《よこはま》で顔合わせがあって、午後は八王子《はちおうじ》のクライアントのところに行く」

「昨日は名古屋《なごや》へ日帰りだったし、やっぱり大変ですね」

彼は今、主に企業法務を担当しているという。いくつかの企業の顧問弁護士になる予定になっているらしい。

「まあ想定内だったし、もう少しすれば落ち着くと思う。一段落したら純玲をウチのオフィスで紹介するから」

「はい」

泰雅はすでに事務所で結婚を報告し、もくろみ通り所長の娘との縁談はなくなったらしい。ただ、後日純玲は妻として事務所に挨拶に行く予定になっている。

（うーん、契約とはいえ、私に弁護士の奥さんが務まるのかな）

しかもこの完璧な人の横に立つなんて不安しかない。かといって急に美女にも才女にも、はたまた令嬢にもなれない。

だからせめて激務をこなす彼の役に立ちたいと、家事をがんばろうと思っていたのだ。店で忙しい両親のために家事はよく手伝っていた。ひと通りのことはできる。

泰雅は、家事は協力してやればいいしお互い働いているのだからハウスキーパーを頼めばいいと言ってくれていた。

でも、彼を自分でサポートしたいと思った純玲は率先して動こうと心がけ、そここそできていると思う。朝食作り以外は。

毎日泰雅は純玲より朝早く起き、軽くジョギングし汗を流した後、こうして朝食の準備までしてくれる。

(それに引き換え私は……。毎朝起こしてもらっているし。これもベッドの寝心地がいいのがよくない)

純玲は心の中で見当違いな言い訳をしてみる。

広いから一緒に使えばいいと言われた寝室のベッドは、キングサイズのものがひとつだった。初めそれを見た純玲はかなり戸惑った。

酔った勢いとはいえすでに肌を重ねてしまっているし、とか、契約とはいえ夫婦だし、とかいろいろ並べ立てて自分を納得させていた。

しかし彼はあれ以来、今まで純玲に触れることはなく、同じベッドに入ってもなにか起きることはない。適切なディスタンスを保ったままだ。純玲は妙な肩透かしを食らった。

（あの夜は終わったこととして、泰雅さんは私との関係をあくまで契約者として仕切り直してるんだろうな。……いやいや、別にがっかりしてないし）

自分ばかり変に意識して恥ずかしくなんとも言えない気持ちになったが、寝るのが大好きな純玲はすぐに彼が隣で寝ていることに慣れ、安心感すら覚えるようになった。加えて高級マットレスの素晴らしい寝心地という相乗効果で、しっかり余分に眠ってしまうのだが。

（私もちゃんとわきまえて、泰雅さんの妻役を果たせるようにしないと。せめて、毎朝起こされないようにしなきゃ）

純玲は明日こそ夫より早起きしようと気持ちを新たにし、トーストをかじる。

「これ、なにもつけなくてもおいしいですね。さすが高級食パン」

「そうか、よかった」

また見かけたら買ってくると言って、泰雅はゆったりと笑った。

純玲は始業時間前に余裕を持って出勤した。高円寺のアパートから徒歩と電車で通っていたことを考えると、通勤は嘘のように楽になった。なんせ歩いて二十分ほど。

自社ビルのオフィスエントランスを抜け、エレベーターを待っていると、なんとなく無遠慮な視線が刺さるのを感じた。見ると、瑠美と親交のある総務部の女性たちがこちらを見ながらヒソヒソと話している。

純玲の『結婚間近の相手に振られた女』という噂は消えておらず、このような扱いは続いていた。朝から気分が悪いが心の中でため息をつくだけにして、純玲はエレベーターに乗り込んだ。

秘書室は役員専用フロアにある。デスクでパソコンを立ち上げ、出勤している先輩方に挨拶をしてから社長室に向かった。

簡単に掃除を終え、コーヒーの準備をしようと思ったところでドアが開いたので慌てて出迎える。

「おっ、おはようございます。百田社長」

純玲は最初に入ってきた人物に近づき、深々と挨拶をする。

「おはよう」

純玲をちらりと見て短く応えると、百田雄一郎《ゆういちろう》は執務スペースの革張りの椅子に座る。背が高く、はつらつとして五十代には見えない。引きしまった体格、隙のない気品と威厳の塊のようなオーラを前にすると、こちらの背筋がビシリと伸びる。というか、蛇に睨まれた蛙のように怯えてしまうと言った方がいいだろう。

新婚生活が始まるのと同時期に秘書室へ異動した純玲に与えられたのは、この会社の社長である百田雄一郎の第二秘書の職務だった。

彼は百田グループの最高権力者であり、旧百田財閥創業一族の現総帥《そうすい》でもある。五年前に父親である前社長が亡くなった後は、より彼に権力が集中している状態だという。

その経営能力は突出しており、時に大胆に切り込み事業開拓をしたかと思う一方、利がないと判断すれば冷たく切り捨てる。孤高のカリスマ性から〝百田の獅子〟と呼ばれている。

なんでも、いっとき失っていた創業者一族の百田グループへの影響力を回復させたのは彼だという。

当初、そんな雲の上というか、成層圏の上の人物に仕えるなんてと純玲は内心腰が引けまくりだった。しかし、社長に直接関わる業務は第一秘書の神崎がほとんど取り仕切っていて、純玲はお茶出しや出迎えくらいしかしていなかった。

後からその神崎も入室してくる。社長と同年代の男性で、秘書らしい清潔感があるナイスミドルだ。純玲と挨拶を交わすと社長のデスクの前に立ち、早速今日一日のスケジュールを説明し始めた。

その間に純玲は豆を挽きコーヒーを淹れ、タイミングを見計らいカップを置く。決まったルーティーンだが、社長の近くに立つとやはり緊張するのだった。

その日の定時後、純玲は社長室の秘書専用デスクで英文資料の翻訳を行っていた。明日の朝一番の経営会議にかける買収先の新しいデータらしい。情報が入ってきたのが定時直前で、急遽対応をしたため残業になってしまった。

「小野寺さん、終わりそう？」

「はい。あと少しで見ていただけそうです」

社長を自宅まで送り届けた神崎が戻ってきて、純玲に声をかけてくれた。

こういう極秘資料を扱うのも純玲の仕事だ。緊張しつつなんとか終了し、チェックしてもらう。

「うん、よくできているね。さすが英語が得意だと聞いていただけある」

「よかったです」

データを明日のテレビ会議用の環境にアップロードし、無事間に合わせることができた。純玲はホッと胸をなで下ろす。

「遅くまですまなかったね。もう帰っていいよ」

「はい、わかりました」

「どう？　少しは仕事には慣れたかい？」

片づけをしている純玲を見守りつつ神崎が話しかけてきた。彼はボスとは正反対で、物腰がやわらかく話しやすい。しかしかなりの切れもので、社長が腹心としてそばに置いているのは若い頃から彼だけという話を泉から聞いていた。

「はい、みなさんよくしてくださるので」

秘書室の先輩たちは人間的に成熟していて、純玲にまつわる噂をおもしろがることもなく親切にしてくれている。

慣れない仕事で緊張するし疲れもするが、総務部にいたときよりやりがいを感じ始めている。

「不愛想なのは社長だけか。顔怖いからねぇ」

「い、いえいえそんな……。社長のことをそんなふうに言えるのは神崎さんだけです」

正直に言うと、社長は怖い。口数が少ないし、巨大グループの頂点に立つ人だけあって近づいたらいけないような、王者的なオーラがすごいのだ。

でもそんなことを口に出す勇気は持てない。長年仕えている神崎だから言えるのだ。

「実はね。社長、数カ月前に心臓の手術をしてるんだ」

「えっ」

いきなり明かされる事実に純玲は驚く。

社長は純玲が秘書室に来る少し前に、心臓の病気で入院したことがあったらしい。カテーテル手術で、術後は数日の入院で済んだため、不在は出張扱いにし秘書室内ですら公表はしなかったそうだ。

「若い頃からサイボーグみたいに働きすぎて無理がたたったのかもしれないな。なにかあったらまたお家騒動になりかねないからね」

社長の祖父にあたる先代の会長は社長が若い頃に亡くなり、すでに社長だった父親が全権力を引き継いだ。しかし長として一族を率いることができず、連なる親戚や父親がつくった愛人の子までが百田の権力に蟻のように群がり、いっとき一族内が混乱したという。

五年前にその父親が亡くなり、後を継ぎ若くして社長となった雄一郎は、就任した途端血筋だけで実力を持たない人間を百田から追い出した。現在は彼に権力が集中している状態だ。

(これだけの巨大企業の創業一家を統率するのは、並大抵のことではないんだろうな。

想像もつかないけど）

神崎の説明を聞きながら、純玲は漠然と苦労に思いを馳せる。

現在体は回復し問題はないのだが、これを機に社長の体調を近くで気遣う人間を増やしたいという理由もあり、純玲は社長付きに抜擢されたらしい。

「もちろん、小野寺さんの秘書としての能力にも期待してるけれど、同時に社長の体調を気遣ってもらいたいんだ」

神崎のその言葉に、なぜ自分が抜擢されたのかがなおさらわからなくなる。責任が重すぎないか。

「私なんかでお役に立てるでしょうか。まだ社長とはほとんどお話ししたことないですし」

「大丈夫だよ。社長、君が淹れる毎朝のコーヒー、おいしそうに飲んでるし」

「そうでしょうか」

社長がコーヒーを飲む表情をじっと見ているわけではないので本当かどうかはわからないが、喫茶店の娘としてコーヒーの淹れ方の基本は押さえている。少しは気に入ってもらえたのかもしれない。

「わかりました。でも、神崎さんこそ社長と一緒にずっと働いてこられたんですよね。

無理しないでくださいね」

　純玲が気遣うと神崎は柔和な顔をさらに崩して笑う。

「優しいこと言ってくれるね。おじさんうれしくて泣きそうだ。じゃあ、僕にもおいしいコーヒー、淹れてくれるかい？」

「はい、もちろんです」

　純玲も笑って応えた。

（お父さんに最高級の豆を分けてもらおう。淹れ方も改めて教わりたいな）

　今のところ役に立っている実感はないが、ここにいる以上、やれることをしっかりやっていこうと思う純玲だった。


（やっと週末だぁ、今日はそんなに遅くならなくてよかった）

　神崎の話を聞き、心新たにしてから一週間。それまでより緊張感を持ちながら仕事をしてきた。週末の解放感を感じながら純玲は帰宅の途につく。

　この高級マンションのエントランスを通るのも当初は違和感しかなかったが、だいぶ慣れてきた。

　泰雅は相変わらず忙しく帰宅が遅いけれど、遅くなっても夕食は家で純玲の準備したものを食べる。会食などで不要なときは必ずあらかじめ伝えてくれて、なんともよくできた旦那様だ。

（おなか空いた。夕ご飯、買い物に行かなくてもなんとかなるかな）

冷蔵庫の中身を思い出しながら部屋のドアを開けると、電気がついている。すでに泰雅が帰宅しているようだった。

「え、泰雅さん？」

しかもスパイシーでおいしそうな香りまでしてくる。キッチンを覗くと、泰雅がキャベツを持って立っていた。

「ああ、おかえり純玲。おつかれさま」

純玲に気づき振り返った泰雅が声をかけてくれた。

「ただいまです。もしかしてご飯、作ってくれてるんですか？」

「カレーとサラダだけの簡単なものだけど」

「すみません、私手伝います」

「あとはキャベツを切って盛るだけだから大丈夫。着替えてきて。一緒に食べよう」

「はい！」

空腹の純玲はうれしくなって元気に答える。急いで手洗いうがいをし、着替え、泰雅と一緒にカレーとサラダをテーブルに並べて早速いただく。

「おいしい……ひと晩煮込んだカレーみたいにお肉がやわらかい」

彼が圧力鍋で作ったというビーフカレーは本当においしいし、サラダのドレッシングは手作りだ。

口に運びながらおいしいおいしいと感嘆の声が漏れる。

「それはよかった」

泰雅は純玲の顔を見て満足そうな顔をする。

(こうやってさらっと夕食を作れるスキルまで搭載されている泰雅さんって……どこか弱点はあるのだろうか)

「今日は早かったんですね。すみません、夕食まで作らせてしまって」

空腹が落ち着いてくると、急に罪悪感が顔を出した純玲は今さらながら恐縮する。

相変わらず純玲は泰雅より早く起きることができず、毎日朝食を作らせている状態だというのに。

「所長に『新婚なのに毎日遅くまで働くな』と言われてね。それにちょっと純玲に確認したいこともある」

「確認したいこと、ですか」

「ここのところお互いに忙しく、ゆっくり話もできなかっただろう？　これ食べたら話そう」

首をかしげる純玲に言うと、泰雅はカレーを頬張った。

食事が終わり、泰雅は食洗器に食器をセットしてくれる。その間に純玲はコーヒーを淹れる。

リビングのガラスのローテーブルの上にマグカップをコトリとふたつのせ、自分も泰雅の横に腰掛ける。「ありがとう」と泰雅はカップを口に運び、「やっぱり純玲の淹れるコーヒーはうまいな」と顔を綻ばせる。

「仕事はどうだ？　社長秘書はいろいろ気を使うだろう」

泰雅は純玲の新しい職場のことが気になるようだ。たしかに自分に務まるか不安で相談したこともあったから、心配してくれているのだろう。

「そうですね。まだ緊張しますけど、少しだけ慣れてきた気がします」

「社長とはよく話をするのか？」

「いいえ、挨拶くらいでほとんどお話しすることはなくて。でも昨日はコーヒーをお出ししたら初めて『うまいな』と言ってくださったんです。先週実家でお父さんにもらったコーヒー豆を使ったのがよかったのかもしれません」

社長に淹れる豆だと言ったら、両親とも言葉を失っていたことを思い出す。

「お父さんもお母さんも、百田に入社が決まったときにかなり驚いてたんですけど、まさか社長秘書になるなんて思わなかったんでしょうね。私もいまだに、なんでわざわざ総務部から引き抜かれたのかわからないですから」

神崎は社長の健康を考慮して人を増やしたと言っていたが、それが自分である必要はなかったはずだ。気のきく女性社員はほかにゴロゴロいる。

「従姉妹の方はどうだ？」

泰雅が急に会話の内容を変えた。純玲は瑠美のことを思い出して憂鬱になる。

「相変わらず、ですかね」

瑠美は純玲が花形部署の秘書室に異動になった上、社長秘書になったことが気に入らないらしい。普段はあまり会わなくて済むのだが、社内で出くわすとなにかにつけて嫌みを言われる。

今日の昼休みも、自社ビル内にあるカフェテリアで泉が来るのを待っていると、瑠美と数人の女性社員がわざわざ自分の近くに席を取って話しかけてきた。

「『肇さんとこのメンバーで来週、私たちの婚約祝いのお食事に行くの。純玲ちゃんも一緒にどう？　だって従姉妹だもの、祝ってほしいわ』……っていう話をされましたので、あのふたりは結婚するみたいです。さすがに食事には行きませんけど」

「当然だろう」

泰雅の声音は平坦だが、若干顔が険しくなっている。

「昔から彼女は私のことが嫌いなんです。きっと、血がつながらない人間が小野寺家に入り込んだことが気に入らないお祖母《ばあ》さんや叔父さんたちにいろいろ言われて育ったからだと思います」

純玲が小野寺の本家で暮らしていたのは小学六年生くらいまでだった。当時オノデラ貿易の社長だった父は、純玲を私立の小学校に通わせてくれていた。しかし、小学校の思い出はあまりよくない。

『あの子、お家の本当の子どもじゃないんだって』

小学校中学年くらいになると、そう陰口を言われるようになった。同じ学校に通うふたつ年下の瑠美が『純玲ちゃんはもらわれっ子なんだよ』と噂を流していたようだ。

もともと物静かなタイプの純玲はなにも言い返せず、あっという間にからかいの対象になった。高学年になってもそれは続き、仲間はずれにされたり物を隠されたりした。でも、純玲は静かに耐えた。

両親には学校では楽しくしているふりをしてみせた。自分のために両親が怒ったり悲しい顔をしたりするのがつらかったからだ。

祖母は実の孫である瑠美はかわいがって甘やかしていたが、純玲に対しては一貫して冷たく、同居していても近寄ることさえ許されなかった。一方で、純玲の行儀が悪かったりすると母を責めた。

『小野寺をあの子に取られてはいけませんよ。あの子は父親も誰かわからないような子なのですから』

祖母が瑠美にそう言っているのを聞いたこともある。

純玲は冷静に考えていた。自分が我慢すればいいだけだ。父親が誰だかわからないのは事実だし、努力でどうしようもないことは、やっぱりどうしようもないから。

でもその後、父が本家を出て喫茶店を開業することになったと聞いて安堵したことに罪悪感を覚えた。自分を養子にしたせいで、お父さんは血のつながった家族と不仲になってしまったのに、と。

中学は地元の公立に入り、やっとそこで瑠美とも離れることができた。

その後二年ほどで祖母は亡くなったが、叔父や古い親戚に法事や新年の挨拶などの行事には必ず呼び出されていた。

両親は行き渋ったが、本家との交流を絶ってはいけないと思った純玲はあえて行くように勧め、自分も参加していた。変なところで意地があったのかもしれない。

「叔父さん、今のオノデラ貿易の社長の家も瑠美ちゃんがひとり娘ですし、親戚たちはいまだに私がどうにかして小野寺家を乗っ取るつもりだと思っているのかもしれません。私はそんな気サラサラなかったんですけど」

まさか瑠美が百田ホールディングスに入社してくるとは思わなかったし、自分の恋人を取られるとも思っていなかった。

「あいつのことは、もう気にならないのか？」

〝あいつ〟とは肇のことを指しているのだろう。

「なんだか、本当にどうでもよくなっちゃったんですよね」

もちろんいい思い出にもなっていないが、今では純玲は自分が嫌な思いをするだけで済んでよかったと思っているくらいだった。

（そう思わせてくれたのは泰雅さんなんだよね）

彼があのとき近くで別れを見守ってくれたのが、どれだけ心強かったか。その後の展開はいろいろととんでもないものだったが、おかげでもう肇のことを思い出すことはなくなっている。

契約結婚なんて大それたことをして最初はどうなることかと思っていたけど、こうして適度な関係を保ちながら平和に契約期間の二年が過ぎていくのだろう。

泰雅は昔からこうして純玲の気持ちを聞き出し、適度にガス抜きをさせてくれる心遣いと余裕のある人だ。自分はなにかと本音を言えずにため込んでしまうタイプの人間だからありがたく思う。

「泰雅さん、昔から優しいですよね。私ずっと『白石さんがお兄ちゃんだったらいいのに』って思っていました」

恋心を自覚するまでは実際にそう思っていた。感謝の気持ちも込め、照れながら言ったのだが、「そうか」と言った泰雅の声が急に低いものになった。

「でも今は兄ではなく夫だってことを自覚してもらわないといけないな」

「え、自覚?」

思いがけない反応に思わず聞き返す。

「純玲、君はまだ会社に結婚したことを報告していないだろう」

「あー、あの……えっと」

(まずい)

バレた。というか、触れないようにしていただけでもともとバレていたのだろう。

鋭い指摘に純玲は恐る恐る泰雅をうかがう。眉間にしわが寄り、なんとなく不機嫌そうに見える。さっき言っていた本当の『確認したいこと』はこれだったのか。

「従姉妹にいいように言われているのも、結婚報告をしていないからじゃないか?」

「私のことを言われるぶんには別に……。それに新しい職場でいきなり結婚しましたって言い出しにくくて」

ただでさえ最近自分は人の噂に上りがちだ。これ以上注目されたくなくて後回しにしてきたまま今日に至っている。

「それは、俺との結婚が恥ずかしいものだと思っていると取れるんだが? お互いの義務はちゃんと果たすべきだ」

「うっ……」

義務と言われるとつらいが、なんとか言い訳を重ねる。

「時期を見て、そのうちにと思っていました」

「そういう言い方をする人間の〝時期〟や〝そのうち〟というのは、大抵いつまで経ってもこない」

表情を崩さない泰雅に、畳みかけるように言われる。口では彼に絶対に勝てない。

(うう、泰雅さん、弁護士じゃなくて検察官の方が向いてるんじゃないですか)

「……とにかく、恥ずかしいなんて思ってないです。むしろ泰雅さんみたいな素敵な人の奥さんが私でいいのかと思うくらいなんですから」

だれか自分の弁護をしてほしい。逃げ場のなくなった純玲は、口を突き出して大人げなく拗《す》ねてむくれる。

「そんなかわいいことを、かわいい顔で言ったってだめだ」

「え?」

今のどこが?と言おうとしたのだができなかった。

「俺の妻だという自覚を持つために、夫婦らしいことをするか」

泰雅の言葉と同時に純玲の体はヒョイと持ち上げられ、泰雅の膝の上に横抱きにされた。

思いがけない状況に、純玲は目をまん丸にする。泰雅の整った顔がすぐ横にある。抱き込まれて固まる純玲の頬を、彼の大きな手がなでた。

(夫婦らしいこと、ってまさか……)

「で、でも」

「あの夜からなにもしてこなかったのに、と思っているのか」

純玲の心を読んだような彼の言葉に、ボフッと顔が赤くなる。

「君はベッドに入るとすぐに寝てしまうだろ。新しい生活に新しい仕事、疲れているとわかっていた。だから気持ちよさそうに寝ている君にどうこうしようとは思っていなかった」

「……なんだか寝心地がよくて安心してしまってですね」

そんなことを頬をなでながら言われても困る。いろんな恥ずかしさで居たたまれなくなってくる。

「そうか。安心して眠れるのはいいことだ。でも、君が俺の妻だという自覚がないなら、この先夫婦としてボロが出るかもしれない」

「だ、大丈夫です！　ちゃんと自覚持ちますし、早めに会社にも報告します。泰雅さんのお勤め先にもご挨拶に行きます」

「信用できないな」

言いながら純玲の腰に回っていた方の手に力が入り、横抱きのままグッと引き寄せられて、さらに体が密着する。

「ど、どうしちゃったんですか？　泰雅さん、急にこんな……」

彼の発する色気がすごい。一緒に暮らし始めてからこんなに近づくのは初めてだ。

純玲の心臓は、困惑と焦がれるような感情によって鼓動を速めていく。

「急でもない。安心しきっていた君が、気づかなかっただけだ」

「え、それって？　……んっ」

　頬をなでていた方の手が後頭部に回り引き寄せられる。言葉を続けようと開いた口は、彼の唇で塞がれた。

「んっ……！」

　久しぶりのキスは初めから呼吸を奪うような深いものだった。しばらく純玲の唇を味わってから、泰雅は鼻先で言う。

「契約を継続するために必要なことが生じたら、双方誠意を持って話し合うことにしていたはずだ。夫婦の関係に真実味を持たせるため、これからはもっと君に触れたい。あの夜みたいに」

（夫婦の関係に真実味を持たせるためってことは……）

　契約をつつがなく進行させるため、本当の愛は伴わない行為をするということだ。わかっていたこととはいえ、純玲の心はわずかに軋んだ。

（でも、私……こうやって泰雅さんに触れられるの、やっぱり嫌じゃない）

　キスをやめた彼の唇は耳たぶを食み、大きな手は部屋着をまくりウエストを直接なでる。純玲の体は初めての夜を思い出して疼《うず》き始める。それが恥ずかしくて、戸惑いの声が漏れる。

「あ、あの……」

「純玲、いいか?」

拒絶の言葉を言わせるつもりはないのか、泰雅は純玲の耳もとに唇をつけたまま、低く甘い響きを流し込んで返事を促してくる。

やはりこの声はだめだ。一気に判断能力を失わせる……媚薬のようだ。

「……は、い」

操られたように返事をする。

純玲の合意を得た泰雅は、純玲を横抱きにしたままおもむろに立ち上がる。

「た、泰雅さん?」

軽々と抱き上げられ、視線が急に高くなった。かの有名な〝お姫様だっこ〟の状態に驚き慌てる。

「ん? ソファーの方がよかったか? 俺の奥さんはなかなか大胆だな」

俺はかまわないが、と笑う泰雅がなんだか余裕で悔しい。でも純玲には太刀打ちできない。

「べべ、ベッドでお願いします……」

泰雅の首にすがりつきながら、か細い声で訴えると、彼は「ソファーはおいおいだな」と不穏なことを言いながら純玲を寝室に連れていくのだった。


「ねぇ、泉、今週どっかで時間取れない？　ご飯行こう」

週が明け、月曜日。出勤した純玲は泉に声をかけた。

週末、泰雅から〝妻だという自覚〟をしっかり促された純玲は、覚悟を決めて会社で結婚報告することにした。しかしまずは友人の泉に報告してから。肇と別れたときは噂で知らせることになってしまったから、今度は自分の口で伝えようと思ったのだ。

「いいわよ、なんなら今日行っちゃおうか。月曜からガッツリ食べるのもよくない？」

泉は早速話に乗ってくれる。夫と同様、彼女もフットワークの軽い人だ。

たしか泰雅は新しく着任する顧問弁護士先の企業に行くため帰宅時間はわからないから、今日の夕食はいらないと言っていた。ちょうどいいかもしれない。

「そうだね。行っちゃおう、お互い残業しないようにがんばろう」

「オッケー、楽しみにしてる」

そう言い交わしてふたりは仕事に取りかかった。

無事業務を完了し、純玲と泉は連れ立ってエントランスロビーに向かった。

定時直後なので行き交う社員が多く、ざわざわとしている。

「なんかさ、朝から思ってたんだけど純玲、肌艶がよく見えるのは気のせいかしら」

「えっ」

隣を歩きながら泉が純玲の横顔をじっと見てくる。

「なんとなく、内側から満たされているような気がするのよねぇ。週末いいことでもあった？」

「んー？　そ、そうかな。とくになにも……」

いや、心あたりはある。先週末、泰雅と再び肌を交わしたことをきっかけに、適切だったディスタンスがなくなった。彼になにかと触れられるようになったのだ。

体を求められるだけではない。おはようと額にキスをされ、おやすみと抱きしめられてそのまま眠りにつく。今朝の出勤時は〝いってきますのキス〟もされた。

（きっと、どれも夫婦関係に真実味を持たせるためなんだろうけど）

わかってはいるが、この週末だけでふたりの関係は本当の新婚夫婦のようになった。

（でもあれは日本人の新婚夫婦の日常ではないと思う。……さすがアメリカ帰り）

甘い雰囲気を思い出し、心の中でもだえる。

「まさか、彼氏でもできたんじゃ……ってそんなわけないか。あいつと別れたばっかだし」

「あ……あはは」

泉の鋭い指摘になんと言っていいかわからず、なんとなく笑ってごまかしながら純玲はそのまま歩く。

(どうしよう、彼氏すっとばして旦那様ができたって説明しなきゃいけないのに)

驚かれることは間違いない。静かな店は避けるか個室の方がいいかと、純玲はこれから行く店選びに頭を巡らせた。

「しっかし、あの男ホント腹立つわ。今日はとことん話聞くからね」

泉は、今日純玲が誘ったのは失恋の愚痴をぶちまけるつもりだと思っているらしい。違うけれど……。

エントランスロビーに入ると、進行方向脇のガラス壁の前に瑠美と肇、それに何人かの男女が談笑しているのが目に入った。例の婚約祝いの食事会は今日だったらしい。これから店に向かうのだろう。

(うわ、タイミング悪いなぁ)

瑠美と目が合ったが、見ないふりをして通り過ぎた。泉は彼らの存在に気づかなかったらしい。

「純玲っ、まだ早いけど私と一緒に恋活する？　合コンでも行ってあんなやつより
もっといい男ゲットしたらいい！」
思いのほか響いた自らの声にハッとした泉は、慌てて小声になる。
「純玲、ごめん……つい声が大きくなった」
「いいよ、泉が興奮すると声が大きくなるのは知ってるから」
思わず立ち止まった泉を笑顔で促してその場を去ろうとしたのだが、後方からクス
クスと笑い声が聞こえてきた。瑠美たちだ。
「なんか、気の毒ねぇ」「必死に男を探しているみたい」とわざとこちらに聞かせる
ように言い合っている。
彼らの存在に初めて気づいた泉はまたハッとして、さらに申し訳なさそうな顔で純
玲を見る。
「大丈夫だから」
まともに取り合わない方がいい。気にしないで行こうと純玲は促す。すると瑠美が
笑う。
「純玲ちゃんじゃ、合コン行っても相手は見つからないわよ。どうしたって生まれ
持った地味さ？　あ、ごめんね……平凡さ？は隠せないじゃない。でも、うまく社長

秘書になれてよかったわね。結婚しなくても仕事ひと筋でやっていけるもの」

「瑠美ちゃん……」

あまりの言い草に思わず足が止まった。さすがになにか言った方がいいのだろうかと考えていると、泉が勢いよく振り返り瑠美と対峙する。とうとう我慢ならなくなったらしい。

「あのねぇ、あんた純玲になんの恨みがあるのよ」

「恨み？　ないわよ。私は身を引いてくれた純玲ちゃんに感謝しているだけよ。こうして肇さんと結婚が決まったんだし」

肇にすり寄りながら、左手の薬指にはまっている婚約指輪をわざとらしく見せてくる。肇も悪びれない顔で笑っている。こうすれば純玲を貶《おとし》めることができると思っているのかもしれない。でも今は関わらないでほしいという気持ちしか覚えない。

「ふざけんじゃないわよ」

うら若き女性から出たとは思えない舌打ちとともに、泉は瑠美にさらに言い返そうとするので純玲は焦る。

（泉の清楚で美しい役員秘書イメージが、これ以上公共の場で壊れたら居たたまれない！）

泉に憧れる男性社員は多いのだ。最近は仕事を優先して恋人がいなかっただけで、彼女がその気になったら恋活などしなくても彼氏なんてすぐにできる。

「泉、私、本当に大丈夫だから……」

純玲が慌てて泉を止めようとしたとき、その泉をはじめその場にいた人間の視線がいつの間にか純玲の背後に引き寄せられるように集まっていることに気づいた。

「ん？」

なんだろうと振り返った純玲は、思わず声を出す。

「え……泰雅さん？」

そこにはブラックスーツにキッチリと身を包んだ泰雅が立っていた。今朝見送ったときと変わらず爽やかで、背筋が伸びた隙のない立ち姿も堂々としていて美しい。

世界線が違うイケメンは、存在だけで場の空気を圧倒するらしい。今までのギスギスとした雰囲気は、突如現れた美男子に吹き飛ばされた。妻である自分までつい見とれてしまう。

しかし周囲の視線を一身に集めている男の眼差《まなざ》しは、純玲だけに甘く注がれていた。

「純玲、おつかれさま。こちらの法務部での顔合わせが早く終わったから、君と一緒に帰りたくて迎えに来たんだが」

「……そ、そうだったんデスネ」

〝夫〟が自社に突然現れたこの状況が理解できないものの、この場をなんとかできないかと思考を巡らせてみる。

(ちょっと待って、ウチの法務部との顔合わせということは、もしかして泰雅さんの新しい顧問弁護士先って……)

するとと横から面食らった顔をしたまま泉が声を発した。

「え、純玲、この方は?」

(そりゃ、そう聞くよね……)

なんて答えようか内心アワアワとしていると、瑠美の友人たちがヒソヒソと話しているのが聞こえてきた。

「ねぇ、あのバッジって……」

泰雅の胸に黄金色に光るのは弁護士バッジ。普段は着用せず携帯するだけの彼が、こうして身に着けているのを見るのは初めてだ。

「私は『三峰《みつみね》・モルトレー法律事務所』でパートナー弁護士をしている白石泰雅といいます。来週から御社、百田ホールディングスの顧問弁護士に着任しますので、よろしくお願いします」

泰雅はやわらかい物腰で自ら挨拶する。

泉だけでなくあえて周りに聞こえるように言ったのは気のせいだろうか。

（やっぱり、泰雅さんうちの顧問弁護士になるんだ！）

初めて聞く話に純玲が驚いていると、瑠美の隣で肇も驚いている。

「三峰・モルトレーって、あの五大法律事務所の？」

泰雅はそう言った肇に一瞬視線をやったがサラリと無視し、ポケットから高級ブランドのロゴが入った小さな箱を取り出す。「純玲、これ忘れ物」と差し出されたそれは、マリッジリングだった。オーダーしたものができあがったので昨日ふたりで銀座《ぎんざ》まで取りに行った。さすがにまだ着けてはこられなかったけれど。

泰雅は純玲の左手を取ると、流れるような動きでシンプルだが存在感のあるそれを薬指にはめた。そのとき初めて、彼の左手にもすでにお揃《そろ》いの指輪がはめられていることに気がついた。

「いつも妻の純玲がお世話になっています」

泰雅の口から最終的な爆弾が投下された。微笑んだ彼は純玲の腰に手を回し、そっと引き寄せる。周囲にいた人たちが息をのむ雰囲気を感じた。

「た……泰雅さん？」

焦って彼を見上げると、相変わらず甘い眼差しで純玲を見つめていた。

そこで純玲は気がつく。

(これ、パフォーマンスだ)

彼は瑠美や肇のプライドをつぶすために、純玲が幸せな結婚をしたと知らしめようと演技しているのだ。

「え、ちょっと待って、全然状況がのみ込めないんだけど。妻って、純玲、この人と結婚したの⁉」

いよいよ大きくなる泉の声と反比例して純玲は小さくなる。

「そ、それをこの後説明しようかと思ってたの……」

ずっとこちらを睨みつけていた瑠美が、信じられないという表情で口を開く。

「嘘よ、純玲ちゃん最近別れたばかりじゃない。そんな急に結婚なんてできるわけがないわ！」

泰雅はフゥとわざとらしくため息をつくと、初めて瑠美たちの方を向き、冷えた視線を向ける。

「普通はそうでしょうね。でも私はずっと彼女を想っていましたから。恋人がいると知って一度はあきらめましたが、別れたと聞いてチャンスだとすぐに口説いて、結婚まで受け入れてもらったんです。もう離したくないという私のわがままですが」

（そ、そういう〝設定〟なのね……）

演技だとわかっていても、彼の熱烈なセリフに純玲の胸は高鳴る。

「本当に愚かで見る目がなくて間抜けな男に感謝していますよ。手放してくれたおかげで純玲を手に入れることができたんですから」

「な……っ」

瑠美も肇も絶句している。泰雅は余裕の笑みを浮かべると、純玲の腰に回していた手に力を入れさらに抱き寄せた。

「純玲、俺を選んでくれてありがとう」

「ハ……ハイ……」

（泰雅さん平然としてるけど、悪意と演技力がすごい……）

なんとか彼に合わせることができたが、もうそろそろ限界だ。早くここから離脱したい。

「純玲、夕食どうする？　食べて帰るか？」

純玲の状況を察してくれたのか、話は終わりとばかりに泰雅は妻に優しくささやく。

「あの、ごめんなさい、この後彼女と食事をするつもりで……」

泉との約束を反故《ほご》にするわけにはいかないと思い言いかけると、横から彼女が「今日はキャンセルで結構です」とかぶせてきた。

「私、純玲と同期の武井泉といいます。純玲には別途ゆーっくり話を聞きますから」

早々に平常心を取り戻した様子の泉は秘書モードで美しく笑う。でもその『別途ゆーっくり』に、純玲は背筋がひやりとした気がした。

「武井さん、ありがとうございます。ではお言葉に甘えさせてもらいます。新婚で少しでも妻と一緒にいたいんです。よかったら今度新居に遊びに来てください。歓迎しますよ。ここから徒歩で寄ってもらえるマンションですし」

「ここから近いマンションにお住まいなんですか？」

泉が驚いた声を出す。

「二十分かからないくらいですね」

ここは東京丸の内。都内の超一等地であり、徒歩二十分圏内のマンションがどれだけの価値があるか、わからない人間はいないだろう。

「まあ、購入されたんですか？」

「はい、職場に近く通勤に便利なので買ったのですが、高層階なので東京の夜景も見降ろせますし、思ったより気分がいいですよ」

泰雅の話を聞いた泉の目がキラリと光った気がした。

「素敵。さすが三峰・モルトレーのパートナー弁護士ですね。収入も社会的地位も一介の会社員とは格が違いますもの。先生になら純玲を安心してお任せできるわ」

泉はわざとらしく周囲――まだその場にいる瑠美たちに聞こえるように言った。

たしかに一流企業の社員とはいえ、管理職にもなっていない肇の収入も社会的地位も、泰雅と比べるまでもないだろう。

瑠美も肇も顔をひきつらせていて、いよいよあきらかに場の空気が悪くなる。でも泉はまったく気にしていないようだ。

（泉もすごい。泰雅さんの話にすばやく乗っかって、瑠美ちゃんたちにダメージを与えてる）

さすが入社当時から秘書室に配属されているだけはある。ここぞというときの瞬発的な対応能力はすさまじい。

もちろん泰雅も泉も、就いている職種や収入だけで人の価値を判断する人間ではない。これはあえて瑠美や肇の悪意から純玲を守ろうとしてくれているのだ。

「お眼鏡にかなってなによりです。武井さんとは気が合いそうですね。これからも妻と仲よくしてやってください。では、失礼します」

「はい。純玲、また明日ね」

泉はにっこりと微笑む。泰雅も笑みを浮かべ、置いてきぼりになっていた純玲を促すようにその場から連れ出した。

「はぁ……。わざとあんなこと言ったんですね」

やっとビルから脱出し、純玲はやや早足に歩く泰雅の横に並ぶ。

「君は大人だから、彼らになにか言われてもスルーするだろう？　でも俺は大切な妻をバカにされて平気でいられるほどできた人間じゃない」

（大切な、妻……）

契約上必要だから、ということはわかっている。でもそれだけではなく、彼が自分を人として尊重し大切にしてくれていることも純玲はわかっていた。

「あの……ありがとうございます」

前を向いていた彼の顔がこちらを向く。

「私、たいして気にしていないつもりだったんですけど、演技でもああいうふうに言ってもらえて、なんだかスッとしちゃいました。いろいろ言われ続けて実はダメージを受けていたのかもしれません」

自分に向けられる悪意なら流して我慢すればいいと思っていたけれど、こうして寄り添い、かばってくれる人がいるということが心からありがたい。

「純玲」

泰雅はふいに純玲の手を取り立ち止まった。驚いた純玲が歩みを止めて隣を見上げると、彼はこちらを見つめていた。

「君は俺の妻だ。これからも君を夫として守っていく。だからがんばりすぎないで、なんでも頼ってほしい。我慢する必要もない」

真剣な表情から彼の優しさと誠実さが伝わってくる。しかし〝夫〟としての気遣いを感じるほど、胸がしめつけられるような気持ちになるのはなぜだろう。

（私、泰雅さんにここまで大事にしてもらってうれしいはずなのに、なんでこんなに苦しいの？）

「……はい。ありがとうございます」

純玲は複雑な感情を持てあましたまま、できるだけの笑顔をつくり応えた。

「じゃあ、今日はなにか食べて帰ろうか」

泰雅はつないだ手に力を込めると再び歩き出した。

3　小さな綻び

泰雅はその後、百田ホールディングスの顧問弁護士として週二回来社するようになった。

もともと百田ホールディングスと泰雅の勤め先の三峰・モルトレー法律事務所は顧問契約を結んでおり、ここで定期の担当弁護士の入れ替えが行われ、泰雅が着任することになったらしい。

泰雅は『純玲を驚かせようと思って黙っていた』と言ったが、本当に驚かされた。

ただ泰雅が顔を出すのは法務部なので、今のところ純玲と顔を合わせることはない。

美貌のエリート弁護士が顧問に着任したことが社内で広まると同時に、あの日ロビーで堂々と泰雅が立ち回ったこともあり、彼が純玲の夫だということも知れ渡った。

あれから二週間ほど経っているが、おかげで純玲に対する〝結婚間近の相手に振られた女〟という憐れみや揶揄するような視線はなくなった。好奇心に満ちた目で見られることはあるけれど。

純玲は職場で結婚したことを報告し、社内手続きも行った。神崎には相当驚かれてしまった。

瑠美は、たまに出くわすと恨めしそうな顔で睨みつけてくるが、今のところなにか言ってくることはない。

仕事も神崎や先輩に指導を受けながら、少しずつ自信が持てるようになってきて、社長を前にしても以前より緊張しなくなっている。いろいろなことがいい方向に回り始めていた。

そして今日、純玲は泰雅が務める法律事務所が入るビルを訪れていた。

当初の約束通り、泰雅の妻として所長に挨拶するためだ。夕方の訪問にもかかわらず、万全を期すため秘書室に異動して以来初めての有給休暇まで取った。

(さすが、大手法律事務所……。入居しているビルもスタイリッシュだわ)

三峰・モルトレー法律事務所は、大手町にできた新しいオフィスビル内に居を構えている。百田ホールディングスの本社ビルも立派だが、こちらのビルも負けていない。先進的なデザインの建物だ。

純玲は広いエレベーターホールに進み、上階行きのエレベーターに乗り込む。

(受付は十五階だよね。うぅ、なんか、緊張するなぁ……。弁護士の奥さんに見えるかな。泰雅さんはいつも通りで大丈夫って言ったけど)

妻として挨拶に行くなら、いつもの秘書モードの服装とは変えた方がいいと泉に言われ、アドバイス通り派手すぎないが爽やかなホワイトベージュのスーツを選んだ。いつもきっちりまとめている髪も少し巻いてふわっとしたダウンスタイルにし、メイクもいつものブラウンベージュ系の落ち着いたものから、少しピンク系の入った明るめなものに変えた。

エレベーターの中の鏡に映る自分の姿は見慣れず落ち着かない。横目でチェックしながら、純玲は緊張を解きたくて周りに聞こえないように小さくため息をつく。

泰雅との生活は順調だ。相変わらず彼は忙しいが、一緒に暮らし始めた頃よりだいぶ落ち着いてきた。

ただ、少し困っていることがある。〝自覚〟を促された夜から彼は妻を抱くようになった。ただでさえ朝が弱いのに、彼に求められた翌朝、純玲はいつにも増してベッドから出られなくなってしまう。クタクタになるからだ。

(昨日も、だったし……)

昨晩も熱く求められたことを詳細に思い出しかけ、つい純玲の顔に熱が集まってくる。エレベーターの中でなにを考えているんだと、慌てて頬を押さえて落ち着かせる。

とはいえ、純玲としてもいつも大人で動じない彼が、自分を抱くときは余裕のない表情になるのがうれしくて拒むことはできない。

そもそも耳もとで『純玲、いいか？』なんて色気全開の切ない声で言われたら、泰雅の声にからきし弱い純玲が抗えるはずがないのだ。

夫は自分以上に忙しく疲れているはずなのに、相変わらず早く起きてジョギングし、朝食を準備し爽やかに出かけていく。なぜあんなに元気なのか疑問に思いつつ、純玲は栄養バランスのいいおいしい朝食をいただき、体力を回復させるのだった。

十五階でエレベーターを降りる。泰雅には受付で申し出てくれれば迎えに行くと言われていた。

「当事務所にご用ですか？」

案内板に従って廊下の奥にある受付に向かおうとすると、同じエレベーターから降りたスーツ姿の若い男性に声をかけられて足が止まる。

背が高く体はガッチリしていて大きい。髪の毛も短く切り揃えているが、たれ気味の目が優しく見える体育会系の男性だ。自分と年齢は同じくらい。ここの事務所の職員だろうか。

「はい、お約束してまして……あの？」

純玲は失礼があってはいけないと思いつつ、背筋をしゃんと伸ばして言う。

「あ、失礼しました。僕はここの弁護士で、的場《まとば》といいます」

するとと彼はすばやく名刺を取り出し、純玲に手渡す。

「受付はこの奥なのでご案内しますよ」

「ありがとうございます」

彼は人懐こそうな笑顔で純玲を案内してくれる。若くて親切な弁護士さんだなと思いながら、純玲は彼の後をついて歩く。

受付があるのは大きな流木のオブジェなどがセンスよく並べられている広い空間で、ホテルのロビーのようだった。受付には係の女性が座っている。

「僕が受付してきます。お名前を伺っても？」

彼は受付までしてくれるという。きっと、ここに初めて来た相談者だと思われている。そうでないことを知らせなければ。

「白石、純玲といいます。……夫と、三峰先生にお会いする約束をしておりまして」

純玲が言うと、彼は驚いた顔をする。

「えっ、嘘、白石先生の奥さん？」

「は、はい。いつも夫がお世話になっております」

急に口調が崩れた的場に、純玲は慌てて頭を下げる。

「白石先生の奥さんかぁ……好みだったのになぁ」

「え、あの？」

先ほどまでの笑顔が消え、目に見えてシュンとした様子の的場に戸惑っていたとき、

「おい」と地を這うような低い声が聞こえた。

声の方向を見ると泰雅が立っていた。まだ約束の時間には少しあるが、迎えに来てくれたようだ。

「泰雅さん」

「純玲、迷わなかったか？」

純玲に優しい声をかけつつ、視線はなぜか的場を睨んだままだ。

「大丈夫です。ここまで的場さんに案内していただいたので」

「的場先生、ありがとう」

「わぁ、全然感謝してない言い方」

泰雅の心のこもっていない声色に、的場は大げさに肩をすくめる。

「すまない。弁護士が人妻を白昼堂々ナンパしているように見えたものだから」

「バレました？　いやぁ、エレベーターで一緒になったときから雰囲気があって綺麗な人だなって思ってたらこの階で降りたから、これはチャンスだ！って声かけちゃい

ました」

「指輪は見えなかったのかな？　的場先生」

泰雅の声はわざとらしく低くなる。「気づきませんでした、すみません」と頭をかきながら素直に謝る的場は、大柄な体形にそぐわずかわいく見える。

冗談を言い合うほどこのふたりは仲がいいらしい。そう思って微笑ましく見ていると、的場が純玲に向き直る。

「改めて、的場修平《しゅうへい》といいます。弁護士になってまだ二年目ですが、今は白石先生について企業法務をいろいろ勉強させてもらってます。よろしくお願いします。あと、恋人募集中です」

泰雅の後輩にあたるようだ。彼のような朗らかな人だと法律相談もしやすいだろうなと純玲は思う。

「こちらこそ、よろしくお願いします」

明るく右手を差し出してくる的場に純玲も握手しようと微笑んで手を上げかけたのだが、泰雅に肩にやんわりと手を回され方向転換させられる。

「所長が待ってる。行こう」

「え？　あ……」

握手できないまま泰雅に押されるようにして歩き出した。

「……まさか、あの白石先生があそこまでわかりやすく奥さん囲っているとはねぇ」

置いてきぼりにされた的場の驚きを含んだ独り言が聞こえた気がしたが、振り返ることは叶わなかった。


来客用の応接室に通され、純玲は事務所の所長の三峰と初めて対面した。

自らも有能な弁護士で、優秀な経営者とも聞いていたので威厳の塊、たとえば百田社長のような人物を想像していたのだが、おおらかな雰囲気の気さくで話しやすい人だった。

「白石先生にはウチの娘と結婚してもらいたかったが、そうはうまくいかなかったな」

所長の娘もこの事務所に勤めている弁護士らしい。

「申し訳ないのですが、僕には純玲がいましたから。お嬢さんにはもっとふさわしい男がいますよ」

「なかなか、白石先生ほどの優秀な弁護士がいなくてね」

「別に相手が弁護士である必要はないじゃないですか」

純玲はあまりボロが出ないように会話の主導権は泰雅に任せつつ、純玲の実家の話や勤め先の百田ホールディングスのことなど、あたり障りのない話をした。

「百田の社長秘書！　あの孤高のカリスマ社長のサポートができるなんて、たいしたものだよ」

「いえ、私は社長をサポートするにはまだまだで、むしろ上司にサポートされてばかりおりまして……」

　顧問契約を結んでいる関係で、所長は百田のことをよく知っているらしく、社長秘書をしているというだけで信用してもらえたらしい。

　所長と話した後、せっかくだから事務所を見学していけばいいと言う泰雅に連れられ、所内を案内された。リニューアルしたばかりという事務所は広々としてほどよく自然光が取り入れられている。モダンなオブジェや見たことのない種類の観葉植物など、センスのある空間だった。

　そこで、泰雅の業務アシスタント、いわゆるパラリーガルの草野《くさの》という女性にも挨拶した。彼女は四十代半ばで既婚者だという。手土産のクッキーを渡すととても喜んでくれた。

「チームでサポートしてもらっているが、彼女が俺の専属でほとんどの依頼は彼女を介してる。とても優秀だから、面倒を見てもらって助かっているよ」

二児の母だという草野はふっくらしてやわらかそうな風貌で、大らかに笑う。

「いえいえ、白石先生の専属ポストは独身女性たちが全員争奪戦を繰り広げていたから、血が流れないために安全な私がなっただけなんですよ」

でも、こんなかわいい奥さんをもらったのならみんなあきらめて所内も落ち着きますよ、と彼女はフォローしてくれる。

（やっぱり、泰雅さん人気あるんだな。それはそうよね）

たしかに、彼に所内を案内されている間、若い女性職員からの視線がやけに刺さった。直接『白石先生の奥様ですか？』と話しかけてくる職員もいた。そのたび隣で泰雅は紹介してくれたが。

立っているだけで人の視線を集める人だ。さらに優秀なパートナー弁護士で大企業の御曹司とくれば、惹かれない独身女性はいないはず。彼の専属になりたい女性が殺到するのは無理もない。きっとそれでは仕事がまともに回らないと考えたのだろう。

（密室の執務室で色仕掛けにでもあったら大変だもんね……）

こうして事務所を歩き回るのは、自分が結婚したことを知らしめるためなのかもしれないと思い、その後はさらに背筋が伸び、つくり笑顔に気合が入る純玲だった。

ひと通り見学が終わり、純玲は泰雅の執務室に通された。個室で彼とふたりきりとなり、やっと気が抜けた純玲はソファーにちょこんと座りながら、ふうと少しだけ力を抜く。ひとまず、事務所への挨拶ミッションは無事終わりそうだ。

「純玲、おつかれさま。なにか飲むか？」

泰雅は執務デスクには座らず純玲の向かいのソファーに腰を下ろす。

「いえ、ご挨拶も済みましたし、もう帰りますね。夕食作っておきます」

「帰るのか？」

泰雅は意外そうだが、純玲にとってはその反応が意外だ。まだ時刻は午後五時。彼はまだ仕事をするはずだからここにいても仕方がない。

「残ってもお仕事のお邪魔ですから」

「ひとりで帰すのも心配だ。ちょっと待っていてくれ。一緒に帰ろう」

まったくもって心配される距離でも時刻でもないのだが、決めたとばかりに彼は一度座ったソファーから立ち上がり、帰り支度を始めようとする。

「でも、お仕事は？　……あ」

（もしかして、一緒に帰った方が仲がいい夫婦って見せつけられるから？）

そういうことかと納得しかけた純玲に、泰雅は意外な言葉を落とす。

「ビルの中でさえ的場にナンパされかけてたし、一緒にいないと心配なんだよ」

「えぇっ？」

泰雅が本気とも取れる口調で言うから、純玲はどう反応していいかわからず変な声が出てしまった。

「あの、的場さんは冗談であぁ言っただけで」

「どうだろうな。いつもに増して今日の君は魅力的すぎるから、引き寄せられる気持ちもわかる。ほかの男性職員もみんな君を見てた」

（そりゃ見るでしょう！　〝白石先生〟の妻なんだから……見てがっかりしてるかもだけど）

真顔で恥ずかしいことを言われ、いよいよ頬が熱くなる。

（こ、この服装が似合うっていうお世辞なんだよね？　泰雅さんってこんなサービス満点な人だったっけ？）

内心プチパニックに陥る純玲に、泰雅は近づき体を屈めると腕を伸ばしてくる。

「泰雅、さん？」

「純玲」

こちらを見つめる眼差しに見たことのある熱を感じ、どくんと鼓動が跳ねた。動けなくなった純玲の頬に泰雅の指先が触れようとした瞬間――。

「白石、ちょっといい？」

ノックと同時に執務室のドアが勢いよく開けられて、ひとりの女性が入室してきたことにより、ふたりの間にあった甘い雰囲気は断ちきられた。

（今、私たち、密室の執務室でなにをしようと……）

純玲は我に返って慌てる。

「三峰先生。急に入ってこないでもらいたいんだが」

泰雅はため息交じりにゆっくり純玲から離れた。

「ノックはしたわ。どうしても相談したいことがあって」

（すごく大人っぽくて綺麗な人。ウエスト細いし髪の毛もつやつやだし）

純玲は自分の置かれていた状況も忘れ、入ってきた女性に見とれる。

スーツ姿の彼女は、誰が見ても美人と答えるような華やかな容姿をしている。スタイルがよく、肩につかないくらいの艶のあるボブスタイルも耳もとで揺れる大きなゴールドのピアスも、小さな顔に似合っている。

「純玲、この人はここの弁護士で三峰麗《れい》さん。所長のお嬢さんだ」

（この人が……！）

泰雅が所長から縁談を勧められていた女性だ。ソファーに座ったままだったことに気づいた純玲は慌てて立ち上がり、挨拶をする。

「初めまして、白石純玲と申します、夫がいつもお世話になっております」

「まぁ、あなたが白石のお嫁さんね。私、三峰麗といいます」

麗は純玲の顔を見てにっこり笑う。

「聞いてるわ、あなたがいるから白石は私との結婚を断ったんでしょ？　もう、結婚し損ねて残念だったわ」

「えっ」

「……三峰」

固まる純玲と声を低くする泰雅に、麗は慌てて言い訳する。

「やだ、ごめん、冗談よ。若くてかわいいお嫁さんもらって幸せになった白石がうらやましいだけ」

（あれ……？）

明るい口調だが、純玲の目には麗の表情に一瞬切ない影が差しているように見えた。

だが、すぐに彼女は表情を明るくする。

「純玲ちゃんって呼んでいい？　私、白石とは大学のときからの長い付き合いなのよ。

私のことも麗って呼んで」

「は、はい」

麗は純玲に近づいて内緒話をするように言う。気さくなところは父親譲りなのかもしれない。

「もし旦那が浮気とかなにか悪さして困ったら、私がバッチリ弁護するから言ってね」

「待て。俺が浮気なんかするわけないだろう」

泰雅の抗議を無視して彼女は続ける。

「この人、顔も頭もいいから、昔から女性人気がものすごくてね。大学ではいつも女の子たちに追いかけ回されてたし。こっちに戻ってからは企業法務だからまだいいけど、前は相談者が本気になっちゃって大変だったのよ。間違いが起こらないとも限らないじゃない」

「それは君もだろう。昔から男に言い寄られてばかりだったじゃないか」

昔を思い出したのか、泰雅の表情がふと優しいものになる。

「ふたりでよく逃げてたわね。とにかく、なにか白石に嫌なことされたら――」

「いえ、夫は私をとても大切にしてくれているので、大丈夫です」

続けようとする麗の言葉を遮るように、純玲はつい口を挟んでいた。失礼な態度を取ってしまったことに気づき内心焦る。

しかし麗は「そう、それなら安心ね」とにっこりと笑う。

「で、相談は？」

「あ、そうそう。もめてた例の案件、急に向こうから和解の申し入れがあって」

泰雅が麗に尋ねると、彼女はタブレットに資料を表示させ、見せながら話を進めようとする。

並び立つ美男美女の弁護士は、近寄るのも憚られるほどお似合いだ。

「あの、泰雅さん。仕事のお話を聞くわけにもいかないので、やっぱり私お先に失礼しますね」

我に返って出した声は少し硬くなっていたかもしれない。泰雅は仕方がないといった表情を浮かべる。

「そうか……すまない。気をつけて帰れよ。俺もなるべく早く帰る。今草野さんに来てもらうから」

その後、泰雅に呼ばれた草野にエレベーターホールまで見送ってもらい、事務所を後にした。

ビルを出ると空はどんよりと曇っていて、とっくに梅雨明けしたというのに湿気を含んだビル風を感じる。その中にさらにため息を吐き出した。

(なんで泰雅さんは、あんなに綺麗で優秀で性格も明るい麗さんとの縁談を断りたかったのかな)

同業者の彼女なら弁護士の仕事にも理解がある上、将来社長になる彼にとっていいパートナーになったのではないか。

純玲はビルの狭間を通り抜けながら考える。

付き合いが長いというだけあって、ふたりの間には気の置けない空気感があった。麗に泰雅の昔のことを話され、悪気はないのはわかっているのについ苛立って話を遮るような失礼な言い方をしてしまった。

それは、あたかも麗が泰雅のことを純玲よりよく知っていると言われているような気がしたからだ。

(実際、麗さんの方が泰雅さんのこと知っているのに……私、なんて子どもじみたことを)

純玲は自己嫌悪に陥る。大学入学当時からの友人なら麗の方が付き合いが長いし、そもそも家庭教師として週に一、二度、数時間しか会えなかった自分とは比べるまでもない。

この対抗心は〝妻〟という立場から？　いや、それ以前に。

（私、麗さんがうらやましいんだ）

自分は彼女のように泰雅と対等に向き合うことも、同じ目線でものを見ることもできない。

泰雅は瑠美や肇から守ってくれたし、両親を安心させてくれた。都会の高級マンションでの快適な暮らしまで提供してくれている。でも自分はなにも返せていない。妻という立場を利用してただ守られているだけだ。

今日だって、彼がフォローしてくれたからなんとか無事に挨拶できただけだ。

そのくせ、夫には自分だけを気にかけてほしいと思うなんて。

（泰雅さんに必要なのは〝妻〟で、私じゃない。……だめ、こんなこと考えたくないのに）

純玲は身勝手な感情が芽生えていることに気づき戸惑った。

実の親を亡くし、天涯孤独となった自分。施設に入るところを小野寺の両親に引き取られ、愛情を込めて育ててもらった。それだけで不相応なぐらい恵まれていると思い、手もとにある平穏だけを大事にして、多くのものは望んでこなかった。

もちろん与えられた環境の中でそれなりに努力はしてきたが、なにかにこだわりすぎないよう、執着しないようにしてきた。

肇が瑠美と付き合っていたと知ったときも、悲しみややるせなさは感じたが、嫉妬や執着心は覚えなかった。

でも今、夫に対していびつな感情を持ち始めている。

(私たちの結婚は契約で、期限がある関係なのに……)

湿気のようにまとわりつく重い感情を振りきりたくて、純玲は歩く速度を速めた。


数日後、純玲は会議から戻ってきた社長に「おかえりなさいませ」と声をかけつつコーヒーを出した。

(社長が好みそうな豆、またお父さんからもらって早速使ってみたけど、お気に召すといいな)

反応が気になるが横でじっと見ているわけにもいかないので、スッと社長の執務机から離れようとする。

すると突然そばに立っていた神崎に声をかけられた。

「白石さん。どうですか？　新婚生活は」

「……新婚生活、ですか」

就業時間外ならともかく、仕事中にこんなプライベートな話をしていいのだろうか。よりによって社長の前でと思いつつ社長の様子をうかがったが、彼は意に介していないらしく、会議資料を見ながら無表情でコーヒーカップを口に運んでいる。お好みに合いますか？と聞いてみたいが今は無理だ。

「えぇと……順調、ですかね」

困惑しつつもとりあえず無難な答えを返す。

「いや、急にこんなこと聞いてごめんね。なんだか僕、白石さんがここに来たときから勝手に娘みたいに思えちゃって。いい人と結婚してくれたらと思ってたから、おじさんのおせっかいで誰か紹介したいくらいだったんだよ。でもまさか顧問弁護士になった白石先生と結婚してたなんて驚いちゃって」

だから気になってと神崎は苦笑している。上司の優しい気持ちがありがたく、そして申し訳ない気持ちになる。

「その節は報告が遅れてすみませんでした」

たしかに、結婚を報告したときに神崎をかなり驚かせてしまった。

「結婚式はまだ挙げてないんだよね。する予定はあるのかい？」

「落ち着いたら式だけでもと話はしてはいるんですが、お互いなかなか忙しくて」

そう答えつつ、純玲は複雑な気持ちになる。

母は純玲の花嫁姿を見たがっていたし、泰雅もそのつもりでいるようだが、純玲はどうしても話を具体的に進められずにいた。

(二年後に離婚するのがわかってるのに式を挙げるのって、無駄とはいわないけど周りを騙すように思えちゃうのよね。でもそうか、この結婚自体周りを騙しているんだっけ)

純玲は自嘲する。そもそも、嘘を上塗りする形になる結婚式で自分は幸せな顔で笑えるのだろうか。

「白石さんは、旦那さんと結婚してよかった?」

つい考え込んでいた純玲は、神崎の声にハッとする。

新婚である自分に投げかけるような質問としては少々そぐわない気がして神崎を見るが、彼の表情は変わらずやわらかく真意が読めない。だから思ったように答えるしかなかった。

「はい。毎日充実しています」

かりそめとはいえ、夫は優しく日常生活になんの不満もない。これで十分、余計なものは望んではいけないのだ。

「うん、それならよかった。結婚式、もし挙げるなら上司は参列してもいいのかな。やっぱり図々しいかなぁ」

「いえ、そんなことは」

神崎の勢いに押されて思わずそう返す。

「いや、白石さんの花嫁姿きっと綺麗だろうから、見たいなぁと思って。社長もそう思われるでしょ？」

神崎が社長にいきなり会話を振るので純玲は驚く。

会議資料に目を落としていた社長が視線を上げ、純玲と目が合う。実は部下同士の会話を聞いていたようだ。

「……そうだな」

低い声でひと言言うと、彼はすぐに資料に視線を戻した。

「あ、ありがとうございます」

社長の目力は相変わらず強く、目が合っただけで緊張してしまう。

神崎はともかく、百田ホールディングスの社長を自分の結婚式に呼ぶなんて恐れ多くてありえない。

神崎が社長の前でわざわざこんな話をしたのは、頼りない第二秘書を社長も少しは気にかけてくれていると知らせるための気遣いだろう。純玲はそう結論づけた。

「今日も、白石先生はお仕事なのね」

アイスコーヒーの氷をマドラーでカラカラと鳴らす純玲に、母が尋ねてくる。

「うん。クライアントに会う用事があるみたいで朝から出かけたわ」

土曜日の午後、母に相談があると呼び出され、純玲は実家を訪れていた。

父は店舗で接客中だが、母がアイスコーヒーとチーズケーキを持って二階のダイニングまで上がってきてくれた。

両親が営む喫茶店『リバティ・スノー』は文京区《ぶんきょうく》の北寄りに店を構えている。三階建ての民家を改築していて、一階が店舗、二、三階が自宅という造りだ。

繁華街からは少し離れているが、近隣の住民や会社員、たまに大学生がやって来る。経営は順調らしい。

オノデラ貿易の社長を辞し、本家を出て喫茶店を開業すると決めた父を祖母は止めたそうだが、どんなに説得しても父の気持ちは変わらなかった。息子が思い通りにならなくなった怒りの矛先は純玲に向いた。

それまでは裏で嫌みを言うタイプだった祖母だが、人目も憚らず『お前のせいだ』

た。

『役病神』と声をあげた。今思えば認知症がこの頃から始まっていたのかもしれない。その後祖母は入院し、二年ほどでこの世を去っている。一度も店に来ることはなかった。

「うん、やっぱりお母さんの作るケーキはおいしいわ」

チーズケーキをひと口頬張って純玲は頬を緩ませる。

「うふふ、そうでしょ」

父の淹れるコーヒーがおいしいのはもちろん、母の作るケーキや焼き菓子も好評で、スイーツを楽しみにリバティ・スノーを訪れる常連客も多い。

母、雪乃は小柄な体つきで、四十七歳という年齢の今でも若々しい女性だ。社交的で明るい性格をしていて、つい常連客の奥様方と話し込んでしまうこともある。父はそれを苦笑しながら温かく見守っている。

母は四年ほど前交通事故に遭い、大けがをした。あのときは本当に心配で生きた心地がしなかった。本人の努力のかいあり、足に少々後遺症が残るものの今は普段の生活に支障がないほどまでに回復している。

「私、お店お手伝いしなくて大丈夫？」

「大丈夫よ、お父さんもバイトの子もいるし。ねぇ、それよりどう？　すーちゃん、新婚生活は」

（この前神崎さんに言われたのと同じセリフだわ）

ニコニコと聞いてくる母に純玲は苦笑して答える。

「もう、帰ってくるたびに聞くんだから。相変わらず順調だよ。泰雅さんは優しいし」

嘘はついていない。神崎にも似たようなことを言ったが、彼との生活には今のところなんの問題も生じていない。彼は自分を妻として大事に扱ってくれている。だから純玲もできる限り妻として彼を支えようと思っている。

そう。余計なことは考えない。少なくとも契約期間が終わるまではこの関係は維持されるはずだ。このまま無難に過ごしていこう。純玲はそう考えていた。

（結婚式、しないって言ったらお母さんはがっかりするかな。でも改めて泰雅さんと話し合ってみよう。あと、二年後までに両親を心配させないようにしっかり自立しておかなきゃ）

まだ結婚生活を初めて間もないというのに、最近はなんだか契約終了後のことばかり考えている。そこでふと、思い浮かんだことを純玲は慎重に口に出した。

「そういえば、瑠美ちゃんが結婚するって叔母さんから聞いてない？」

「ううん？　とくに向こうからはなにも聞いてないけれど。瑠美ちゃんから聞いたの？」

「……会社にそれっぽい相手がいたから、結婚するのかなーって思ってただけ」

その相手が純玲の元カレだとは絶対に言えない。詳細は話さずごまかしておく。

瑠美は肇と婚約したはずだが、あれほど見せつけたがっていたのに最近は社内でふたりでいるのを見たことがない。秘書室勤務になったこともあるし、自分も気にならなくなっただけかもしれないが。

「まあ、瑠美ちゃん、今は結婚するの難しくなってるかもねぇ」

母はなんともなしに言う。「なんで？」と首をかしげるとそばに父がいるのに気づいた。

「どうやらオノデラ貿易は、また経営がうまく行ってないらしいよ」

いつの間にか二階に上がってきていたらしい。

「お父さん、お店は大丈夫なの？」

「今落ち着いているし、バイトの子が対応してくれてるから大丈夫」

父、道成はぱっと見、ひょろっとした気のいいおじさんといった雰囲気だ。

本人はダンディな喫茶店のマスターを気取っているのだが、人のよさが滲み出た風貌が邪魔してなりきれていない。この人が社長業を数年務めていたと言ったらバイトの子は皆驚くだろう。

でも父が社長だった間、オノデラのために必死に働いていたことを純玲はちゃんと覚えている。

「元社員の人にたまたま聞いたんだけど、海外の情勢不安で資金繰りがうまく行ってないらしい。僕が社長やってたときよりよくないみたいだよ。ヘタしたら破綻しかねない」

初めて聞く話で驚く純玲に、父は続けた。

「伝統とか歴史だけにしがみついて、時代に合わせて変わっていこうとしなかったのがいけないいんじゃないかな」

父が社長をしていた頃は、前社長の行っていた古い体質を変えようと経営をテコ入れし、ある程度までは立て直したが、社内の古い役員たちの反感を拭いきれず、改革半ばで弟に社長を譲ることになったという。

弟は保身のために旧体制のやり方を踏襲しているらしく、社内の波風は立たないものの急激に変わる海外の情勢についていけていないらしい。

だとすると、父には経営の才能があったのかもしれない。そう思っていると父と目が合う。

「お、純玲、その顔はお父さんを見直してるな。よしよし」

父はまんざらでもない顔をしている。調子に乗りやすいところがやっぱりダンディではない。

「もう、お父さんたら」

純玲は思わず笑う。

「まあ、だから、苦境に陥っている会社の娘と政略目的で結婚したり、わざわざ婿養子に入ろうという男性はいないかもしれないわね」

「そうだったんだ……」

瑠美や肇は現状を理解しているのだろうか。もう関係ないこととはいえ気にはなる。

「そうそう、今日相談しようと思ってたことなんだけど、来月、オノデラ貿易の創業パーティーがあるらしいの」

母の表情が少しだけ神妙になる。

創業五十周年記念のパーティーがあるらしく、親戚一同、必ず出席するように叔父から言われているらしい。

「会社がピンチの今だからこそ〝小野寺家の結束〟を見せたいんじゃないかな。正直面倒だけどね。でも一応長男だし、前社長として出席しないわけにもいかないから、今回は雪乃さんと出席しようかと思っている。それで、純玲も出席するように言われてるんだ」

「私も？」

「親戚一同だから純玲もだって言うんだよ。今まで親戚扱いしてこなかったのにね。ただ単に嫌がらせなのかもしれないけど。もう嫁ぎましたって言ったら、夫婦で出席すればいいって」

「一応、純玲に言わずに勝手に断るのもって思ってね」

両親は無理して出席する必要はないと言ってくれる。きっと純玲の心情を慮っているのだろう。純玲としても正直気は進まない。

（でも、出席しなかったらお父さんたちがまたネチネチ言われるんだろうな……）

祖母は他界しているが、大叔母や大叔父、それに連なる親戚もいる。なにより叔父や叔母に嫌みを言われそうだ。

「私、出席するよ。今まで小野寺の名字を名乗らせてもらった恩もあるし。夫婦で出られるかはわからないけど、泰雅さんに聞いてみるね」

純玲の返事を聞いた父は「そうか、わかった」と息をつく。

「純玲、いい機会だ。もうこれで小野寺に関わるのは最後にしたらいい。もう君は白石家に嫁に行ったんだ、これからは親戚に引け目を感じる必要はないし、僕らのことも気にしなくていいから」

純玲はハッとして父を見る。

「うん……わかった。ありがとね」

「もちろん君の実家はここだし、いつでも気軽に帰ってきてほしいけど！」

純玲がぽつりと声を落とすと、真面目な雰囲気が居たたまれないのか父はごまかすように早口になる。

「もうお父さんたら、すーちゃんがあんまり実家ばかりに帰っていると白石先生が拗ねちゃいますよ。今日だって仕事が終わったら迎えに来るって言ってるくらいなのに」

「お、愛されてるねぇ、奥さん」

「はは……そうかな」

純玲は両親の言葉に、罪悪感とチクリとした胸の痛みを覚える。

（ごめんね、大事にはしてもらっているけれど、愛されてはいないの）

泰雅は両親に娘夫婦が円満だと見せつけるためにわざわざ迎えに来てくれるのだ。

そう思いつつ、純玲は曖昧に笑った。

しばらくすると店舗の方から「マスター！　いつまでも休憩してないでそろそろ

戻ってください！」と声がかかり父は慌てて戻っていった。

夕方、予定通り仕事を終えた泰雅が車で店まで迎えに来てくれたので、母の勧めでそのまま実家で夕食をいただくことにした。彼にパーティーのことを説明すると「もちろん出席させてもらうよ」と快諾してくれた。

「純玲、これ、この前頼まれてた豆」

食後くつろいでいると、父が思い出したように純玲に持ってきたのは焙煎済みのコーヒー豆だった。

社長はあまり酸味の強いものは好きではないらしい。前に出したら気に入ってもらえた銘柄があり、バリエーションも楽しんでもらいたいと思った純玲は、近い味わいのものを分けてほしいと父に頼んでいたのだ。

「ありがとう！　きっと社長においしく召し上がっていただけると思うわ」

そう言った途端、やわらかかった両親の表情があきらかに強張った。きっと両親は純玲に社長秘書が務まるか心配してくれているのだろう。

「心配しなくても大丈夫よ。たしかに私も最初は巨大企業の社長秘書なんて務まるか不安だったけど、今では立派にやってるから」

実際はたいして立派ではないのだが、両親を安心させたくて純玲は少し見栄を張る。

「最近は社長と少し会話もできるようになったのよ。思ってたより怖くないかもしれない」

「百田社長と……お話しするの？」

「う、うん。少しだけど」

母に聞かれて見栄のレベルが低すぎることに気づき、慌ててごまかす。

「そうだ、甘いものもたまに召し上がるって伺ったから、今度コーヒーと一緒にお母さんの焼き菓子お勧めしてみようかな」

マドレーヌがいいか、フィナンシェがいいか考えを巡らせる純玲に、泰雅が声をかける。

「純玲、そろそろお暇しようか」

「え、もうこんな時間だったんですね」

気づけばすでに時刻は午後八時を回っていた。すぐに純玲は帰り支度をする。

「お父さんたちは明日も仕事なのに、長居してごめんね」

謝る純玲に父は「かまわないよ、またおいで」と言った後、泰雅に向き直る。

「白石先生、純玲をよろしく頼みます」

「はい、任せてください。安全運転で帰りますから。きっと純玲は助手席で寝てしまうと思いますけどね」

泰雅は冗談めかして言った。

「う……否定できないのが悔しい」

今までも泰雅の運転する車中でうたた寝したことは何度もある。彼の運転がうまいのもあるが、愛車が国産のハイグレードセダンなので乗り心地が最高なのだ。……寝心地も。

「すーちゃんは昔からどこでもすぐ寝れちゃう子だったものね。結婚しても相変わらずなのね」

「純玲は案外肝がすわってるからな。高校受験の前日に『どうしようお父さん緊張して寝れない』とか言いつつ、いつもより早く寝てたことがあるくらいだし」

「へぇ、そんなことが」

「泰雅さん帰りましょう」

いつの間にか自分の恥ずかしい話で盛り上がりそうになったので、純玲は泰雅を促し慌てて帰ることにした。

「パーティー、付き合わせてしまっていいんでしょうか」

車中、ハンドルを握る泰雅に純玲は改めて切り出した。両親の前では快諾してくれたものの、また彼に面倒をかけることになるのが申し訳なかった。

「いや、気にしなくていい。そうだ純玲、どうせパーティーに行くなら思いきりふたりで着飾っていこう。近いうちに一緒に服を買いに行かないか？」

彼は嫌がるどころか逆に素敵な提案までしてくれた。純玲の顔も明るくなる。

「いいんですか？　楽しみです。きっと泰雅さんの正装姿、素敵でしょうね」

普段のスーツ姿でさえかっこいいのだからぜひ見てみたい。そう考えると、気の進まないパーティーも少しだけ楽しみに思えてきた。

「俺は純玲のドレス姿をおおいに期待してる」

「うっ、その期待は控えめで願いします」

赤信号で車が止まったタイミングでふたりは顔を見合わせて笑った。

気持ちが軽くなり体の力も抜けたためか、その後純玲はあっという間に眠気に襲われた。なんとか起きようと戦ったのだが、「ほら、寝ていいよ」と笑いをこらえた泰雅に運転席から頭をなでられ、あっさりと意識を手放すのだった。

4　真夏の夜の熱

次の週末、パーティーで着る衣装を買いに行くため、泰雅とふたり地下鉄の表参《おもてさん》道《どう》駅で降りた。

今日は車でなく電車移動だ。交通網が発達している都会は電車の方が効率的に移動できる場合もある。八月の日差しの強さを肌で感じつつ、人ごみの中ふたりは南青《みなみあお》山《やま》へ向かった。

「母の口ききでいろいろ準備してもらっておいたから」

泰雅に案内された南青山のセレクトショップは彼の母のなじみの店らしく、二階のスペースが貸しきりになっていた。

「さすがお義母さん……」

社長夫人の立場からよくパーティーの類に出席しているのだろう。もともと店にあるものに加え、純玲の好みに合わせて何着か準備してくれたらしい。

次々と色とりどりのドレスが運ばれてくる。見たこともないような美しいドレスに、思わず純玲は目を輝かせた。

にこやかな女性店員と話をしながら何着か試着する。かわいらしいものから大人っぽいものまで、着るたびに泰雅に披露する。彼はその都度褒めてくれるが、ちょっと冒険して着用してみた背中が大胆に開いたデザインのものだけはやんわりと却下された。やっぱり似合わなかったらしい。

純玲が一番気に入ったのは、青みがかった紫色のドレスだった。優しい色合いと体に自然と沿うデザインでかわいすぎない。袖なしでデコルテは透け感のあるレースで切り替えられていて涼しげだ。シフォン素材のスカート部分は裾が波打っていて優美でやわらかな印象になっている。

着てみたら着心地が軽くて肌あたりもとてもいい。

「泰雅さん、これすごく好きです」

「……あぁ、とても似合うな」

試着室から出て披露すると、一瞬息をのんだ後ため息をつくように言うから、彼の心からの言葉に思えて純玲の胸は高鳴る。

「あの……これに合わせたくて」

純玲は赤くなりそうな顔をごまかしながら、鞄の中に大切にしまっておいたブレスレットを取り出す。泰雅と再会した日にもらったプラチナのブレスレットだ。

着用すると、華奢だが存在感のある輝きが青紫の優しい色によく似合い、ドレス姿を引き立ててくれるような気がした。

「そのドレスに合わせて新しくアクセサリーを準備してもいいが」

「いえ、このブレスレットを着けていきたいんです。……泰雅さんにもらった宝物だから」

大切すぎて普段は使うことができないのだが、パーティーにはぜひ身に着けたいと思っていた。逆にこのブレスレットに合わせてドレスを選びたかった。

「そうか。じゃあ、このドレスに決めようか」

泰雅は改めて妻のドレス姿をまぶしそうに見て言った。

「てっきり泰雅さんのも見るのかと思っていたのに」

純玲は不満げに言葉をこぼす。ブティックを出たふたりは表参道をゆっくりと歩く。

あの後、泰雅はドレスに合わせてバッグや靴などを購入し、自宅に届くように手配した。しかし彼の衣装は見なかった。聞くと、すでにいくつか正装は持っているから不要だという。

「むしろ泰雅さんの衣装を見たかった……！」

「俺は妻の引き立て役だから、使い回しのでいいんだよ」

「引き立て役どころか、バリバリの主役になるに決まってるじゃないですか」

今日の彼の服装は白いTシャツに明るめのネイビーの麻のジャケットを羽織っていてシンプルなスタイルなのだが、そのシンプルさが彼の素材のよさを引き立てている。蒸し暑い都会の喧騒の中、彼の周りだけは爽やかな風が吹いているような気すらする。結局イケメンはなにを着ても様になるのだ。

夏休みとあって街には人が多い。そんな中、泰雅の際立った容姿は相変わらず人目を集めている。すれ違った大学生と思われるふたり組の女子が振り返って「今の人見た？」「マジイケメン！」と盛り上がっていた。

「泰雅さん、芸能事務所にスカウトされちゃったりして」

「アメリカに行く前は実際何度かあったな」

「ひえ……それで？」

「もちろん興味がないから断った」

半ば冗談で言ったのに、実際スカウトにあっていたと聞いて目をむいてしまった。

この辺りは久しぶりだという泰雅と店を見ながら歩く。途中、裏路地に雰囲気のいいカフェを見つけて入ったりした。

その後、純玲も知っているセレクトショップの路面店を見つけた。カジュアルでベーシックなアイテムが揃い、安価ではないが自分でもなんとか手が届く範囲の価格帯だ。

「俺も昔ここで何度か買ったことがあったな」

どちらかというとメンズの品揃えが多いこの店を彼も利用したことがあったらしい。御曹司が庶民的な店で買うのは意外だと思いつつ、共通点に少しうれしくなった。

泰雅はその店で普段着用のTシャツを購入した。

「いい買い物ができたな」

歩きながら泰雅は上機嫌だ。

「私の趣味でよかったんですか？　クマのワンポイントですよ？」

泰雅に頼まれて純玲が選んだのは、シンプルなネイビーの胸ポケットつきTシャツ。袖にクマのワンポイントが施されたものだ。とぼけたクマの顔がかわいくてつい勧めたら採用された。普段着だからいいのかもしれないが。

「いや、かわいいからたくさん着るよ」

「クールで大人な弁護士さんが『かわいいから着る』って……」

「なんだそれ。弁護士だってかわいいものはかわいいんだよ。純玲が選んでくれたらなおさらだ」

泰雅の笑顔はいつもよりリラックスしていて、無邪気にすら見える。純玲は「そのギャップがズルいんですって」と小声でつぶやいた。

ふと純玲は（今さらだけど今日のこれって、完全にデートじゃない？）と気づく。思い起こせば、肇とは映画を見たり外で食事をしたりとデートらしきことをしたことはあったが、回数は数えるほどだった。

今のように当然のように手を引かれて歩くこともなかったし、ここまで気を使わず話すこともなかった。そしてこんなに自然と笑顔になれたことも。


夕食は表参道の商業施設の中にあるワインのおいしいイタリアンレストランで早めに済ませ、腹ごなしと酔い覚ましに近くにある公園まで歩くことにした。

少し涼しくなってきた風を心地よく感じながら歩き、噴水が望める場所で並んでベンチに腰掛ける。

「夕食、ごちそうさまでした。ワインもとってもおいしかったです」

「隣にあったローストビーフの店もうまそうだったな、また来よう」

「いつも支払いしてもらってすみません。今日のドレスの代金も一式支払ってもらっちゃってますし。私の事情なのに」

ドレスに始まってカフェ代も夕食代も泰雅が支払っている。どうにも心苦しい。

「夫婦なんだし、別に気にしないでいい。それに、この先事務所の関係で夫婦同伴のパーティーがあるかもしれないから、そのとき着てくれればいい」

そうは言っても、普段の生活費も泰雅が持ってくれている。彼にとってはたいした金額ではないのかもしれないが、これに甘えてはいけないと思う。

形だけ〝社長令嬢〟として数年過ごしたことはあったが、両親は普通の金銭感覚を純玲に身につけさせてくれた。それに純玲が着飾ったりすると『養子のくせに贅沢させて』と後から母が祖母に言われるのがとても嫌だったので、あまりかわいい服装に興味がないふりをしていた。今では人並みにオシャレは好きだが、あんな高いドレスをポンと購入されると気後れしてしまう。

「でも……」

「君は普段家事を一生懸命してくれているだろう。しかも仕事と両立している。その対価と思ってもらっていい」

「でも泰雅さんの方が忙しいですし、そのくらいのことはあたり前です」

「純玲。夫婦のルールはあたり前とか、こうでなきゃいけないとかはない。それぞれの家庭にあったやり方でいいんだ」

彼のお得意のパターンだ。こういうふうに諭されるとうまく反論できなくなる。純玲は少しむくれた顔になる。

「……毎日泰雅さんより朝寝坊してもいいんですか？」

「まったく問題ない」

苦し紛れに反論したのに、真顔で返されて少し驚く。これでは寝坊した方がいいと思われているようじゃないか。いやさすがにそれはない。

「あ、そうだ、これ……泰雅さんに」

いいタイミングだと思った純玲は、バッグからラッピングされた小さな袋を取り出し泰雅に渡す。

「俺に？」

思いがけなかったのか泰雅は驚いた顔で受け取ると、巾着のリボンをほどいて中身を取り出す。

「お礼にもならないんですが、さっきのお店でいいなって思って」

「いつの間に……気づかなかったな」

Tシャツを買った店で純玲が購入したのは、レザーの二連ブレスレット。

ダークブラウンの細いレザーが編み込まれているデザインは、シンプルで落ちついていてオシャレだ。店頭で見かけてひと目で気に入り、泰雅が店内を見ている間に『彼への贈り物にしたいんです』とこっそりと店員に話しかけ協力を仰いだ。どうやらうまくバレずに買えたらしい。

サプライズが成功してほくそ笑む純玲に目を細めながら、泰雅は早速着用する。男らしい彼の手首にとても似合っている。

「泰雅さんにもらったブレスレットには到底及びませんけど、せめてものお返しです」

純玲はブティックで着用したままにしていたブレスレットをなでながら言った。

「いや、なによりうれしいよ。純玲……ありがとう」

泰雅は飾らない言葉とともに純玲に微笑む。今日一日楽しげな彼の表情を見てきたが、この顔は心からの笑顔だという気がして、純玲の胸はきゅうっとしめつけられる。

「あ、あの泰雅さん、写真撮りませんか？　ふたりで」

急に思い立った純玲は、スマートフォンを取り出しながら言う。

「写真？　いいな。デートの記念になる」

「……はい」

やっぱり泰雅もデートの認識だったのだ。言葉にされると少し照れくさい。

純玲はスマートフォンをインカメラにしてふたりの前に翳《かざ》す。するとフレームに収まるように泰雅が体が寄せてきたため、純玲の左半身が逞しい体に密着する。

（うわぁ……）

体も許し合っている〝夫婦〟なのに無性に恥ずかしい。しかもスマートフォンを持っていない純玲の左手が恋人つなぎにされ、肩口辺りまで上げられた――お互いのブレスレットが写るように。

「はい、撮っていいよ」

泰雅にささやかれる。ベンチで身を寄せ合い、手を恋人つなぎにして写真を撮るいい年をしたふたりは、客観的に見たらちょっと痛いカップルじゃないだろうか。

実際、公園にはまだ人が多い。でも、喜びが勝った純玲は頬を染めながら笑顔でシャッターを押した。数枚撮った写真は夕暮れの中でも綺麗に撮れていた。

なんとなく帰りがたく、そのままふたりで身を寄せながら目の前の噴水を眺める。涼しげに水しぶきが上がる様子を見て、ふと純玲は子どもの頃の記憶を思い出した。

「そういえば子どもの頃、家のすぐ近くに噴水のある公園があって、よく遊びに行ってました」

「小野寺の本家に住んでいたとき？」

「はい。今日みたいに暑い日はとくに、噴水の近くで遊ぶのが好きでした。もちろんいつもはお母さんと一緒でしたけど、そういえばあの日は……」

懐かしい思い出とともに引っかかる記憶があった。

「公園で、ひとりで知らない男の人に話しかけに行って、お手伝いさんに怒られたことがありました」

あのときは父も母もいなかったと思う。家で暇そうにしていた純玲を気にかけたのか、小野寺家の家政婦が公園に連れ出してくれて、純玲はベンチに座っていた男の人に話しかけた。知らない人に自分から話しかけるなんてしたことがなかったので、記憶に残っていた。

「話した内容は覚えてないですけど、その後お手伝いさんにこっぴどく叱られたことはよく覚えてます」

おそらく家政婦が目を離した隙に行動したのだろう。

「今思うと、ちょっと危険ですよね」

「ああ。残念ながら子どもが被害に遭う事件は昔から後を絶たない。俺でもこっぴどく叱っただろうな」

「ですよね……」

しばらくすると、泰雅が「聞いてもいいか？」と切り出してきた。

「純玲は、実の父親に会ってみたいと思ったことはないか？」

思いがけない質問だったが、純玲は思ったまま答える。

「もちろん会ってみたかったです。血がつながった親がどんな顔や性格をした人だったのか純粋に気になりますし。でも、亡くなっているからどうしようもないってあきらめてます。写真くらいあればよかったんですけどね」

純玲の父親のことは、純玲が生まれる前に亡くなったということ以外、詳細はわかっていない。実母が誰にも告げないまま他界したからだ。

「……でも実の父が生きていたら、両親に迷惑をかけることもなかったのかなとは思います」

その言葉に泰雅が反応する。

「ご両親は君を養子にしたことを後悔していると思っているのか？」

後悔している……とは思っていない。彼らは自分を愛してくれている、でも。

「私のせいで小野寺の本家と険悪になったんです……私は疫病神でしたから」

自分のせいで祖父は亡くなり、会社の経営は傾いたと言われてきた。今なら事実でないのは理解しているが、幼い頃植えつけられた呪いのような罪悪感はいまだに拭い去れない。

実際、自分がいなければ父は祖母や叔父の協力を得ながら会社を経営し、今も社長でいられたのではないだろうか。

「君は疫病神なんかじゃない」

はっきりした声音に泰雅を見ると、彼はこちらをじっと見ていた。

「お義父さんもお義母さんも、俺から見てもすごく幸せそうだ。お義父さんは若い頃からやりたかった店が開けてよかったって言っていたし、お義母さんも社長夫人なんてお断りってタイプの人だろう」

「……たしかに、そうですが」

夫婦でリバティ・スノーを切り盛りするふたりは、本家にいたときよりはるかに生き生きとしている。

「俺が決めることじゃないが、俺はご両親は本家を出て幸せになったと思ってる。愛すべき君の存在が、ふたりを自由にしたんだ。君は幸せを呼んだ天使だったんじゃないか?」

「そんな……」

天使なんて言われて恥ずかしいのに、彼の言葉に胸が熱くなっていく。

泰雅は純玲の左手をそっと握った。

「純玲、他人からの悪意は必要以上に重く感じられるけれど、それ以上に君を大切に思う人間がいることを忘れないでほしい。ご両親や君の友達、もちろん俺もだ」

「ありがとう、ございます」

(……ああ、もう認めるしかない)

うなずきながら、純玲はごまかし続けていた自分の気持ちを痛いほど自覚していた。

(私、泰雅さんが好き)

初恋だった人。四年前、不毛な想いを断ちきったつもりだった。でも、昔と変わらない彼の優しさで包み込まれ、もう一度その想いを結びたくなってしまった。

夫婦となって日は浅いけれど、積み重ねる日々は幸せにあふれていた。彼と囲む朝食、交わす会話、日常の些細なやりとり、同じベッドで眠ること、そして抱かれることも。

願ってもいいだろうか。この先の幸せも。

彼を好きだという想いが一度に胸に押し寄せて、純玲は開いている方の手をギュッと握りしめ、喉から押し出すように声を発した。

「あ、あの……泰雅さん、私……」

「ん？」

純玲が続きを言おうと息を吸い込んだとき、泰雅のズボンのポケットに入っていたスマートフォンが無遠慮に震えだす。思わず純玲はビクンと肩を揺らした。

泰雅は顔をしかめると「ごめん」と純玲の手を離し、立ち上がる。

「三峰、今日は休日なんだが……ああ、その件か。ならかまわない……なんだ、あたりまえだろう？」

通話の相手は麗のようだ。話す泰雅の顔がフッと緩むのを見て、純玲は我に返る。

（私、今、なにを……）

あふれだす気持ちのまま、勢いに任せて彼に『好きです』と告白しようとしていた。

（困らせることしかできないのに）

彼にとって自分は契約上の妻でしかないのに、彼の優しさが自分だけに向けられていると勘違いしかけていた。

（泰雅さんは私を大切に思ってるって言ってくれたのに、私は一方的に自分の気持ちを押しつけようとしていた。自分勝手すぎる）

仕事の話なのか、泰雅は内容が聞こえないように純玲から距離を取っている。さっきまで重なっていた手の温もりが失われたと同時に、純玲の心も冷静さを取り戻していった。

麗と通話する泰雅を見て、純玲は以前事務所で見たふたりが並び立つ姿を思い出す。泰雅にお似合いなのは、彼女のように対等に話ができる自立した女性なのだ。

「長くかかったな。話の途中ですまない」

戻ってきた泰雅は純玲の横に再び腰掛け、ふうと息をつく。やはり仕事の話だったのだろう。

「泰雅さん……さっき言おうとしたことですけど」

「ああ」

純玲は泰雅の手の甲に自分の両手をのせ、その手を見ながら言った。

「ありがとうございます。私と結婚してくれて。私、両親や泰雅さんを心配させないように強くなりますね。だから、たとえ二年経たなくても泰雅さんが契約を終わらせたいと思ったら、いつでも言ってください」

本当は彼とずっと夫婦でいる未来が欲しい。でも、妻が不要になったとき彼の負担にはなりたくない。契約期間に縛られることなく、いつでも終了を受け入れよう。

そして、彼の妻でいられる間は役割を精いっぱい努めて笑顔で明るくいたい。今日のような楽しい思い出もつくりたい。

「二年待たずに契約終了してもいい。そういうことか?」

硬く低い声が返ってくる。

「はい。それと、結婚式は無理に挙げなくていいと思っています。お母さんは見たがってくれてますけど、変に写真とか残らない方がいいかなって」

(私の思い出はさっきふたりで撮った写真があればいい)

彼と結婚してよかったと笑顔で最後を迎えれば、きっと両親も悲しまない。そうなれるように強くなろう。

純玲は吹っきれた気持ちでやっと顔を上げたが、泰雅を見てハッとする。秀麗な顔は、痛みをこらえるようにゆがんで見えたのだ。

「……泰雅、さん?」

戸惑っていると、泰雅はスッと表情を戻し、純玲を見つめ返した。

「わかった。君が思うなら、そうしよう」

淡々とした口調で言葉を落とすと彼は純玲の手を強く握り直し、そのまま強引に立ち上がった。

「帰ろうか。俺たちの家に」

「え、は……はい」

泰雅は純玲の手を引き、早足で歩き出した。純玲は急な動きに戸惑いつつ慌ててついていく。

公園を出ると、泰雅はタクシーを拾い運転手に自宅マンションの場所を告げる。なぜかほとんど言葉を発さなくなり、こちらから話しかけることもためらう雰囲気だ。

純玲は困惑を深める。

（私、なにか気に障ることを言っちゃった？　でも、泰雅さんが困るようなことは言ってないよね。わかったって言ってくれたし）

きっと怒らせてはいない。なぜなら彼は純玲の手を握ったままずっと離さないのだ。

タクシーの運転手の生暖かい視線を居心地悪く感じながらも、純玲は彼の傍らに座り続けた。

「はー、タクシー冷房きつかったですね。寒暖差でおかしくなりそう」

マンションに着き部屋のドアを閉める。なんとなく気づまりな雰囲気を払いたくて、純玲はわざと明るく言いながら広い玄関で靴を脱いだ。

しかし中に入ろうとした途端、うしろから伸びてきた泰雅の腕にとらえられ抱きしめられる。

「あ……」

背中全体で彼の体温を感じて急に鼓動が速まる。

「泰雅さん、酔って気分悪くなっちゃいましたか？」

逞しい腕に囲われながら純玲はつぶやいた。彼が飲んだのはスパークリングワイン二杯。それくらいで酔うはずはないとわかっている。

「あぁそうだな。酔ってる。だからってことにしてくれ……あの夜と同じだ」

「……え？」

聞き直す間もなく、顎を掴まれ、振り向かされた純玲の唇は彼のものに塞がれた。

「ふぅ……んっ」

彼のキスは最初から情熱的で、驚いた純玲の吐息さえも奪う。重なる彼の唇も純玲の小さな口の中に入り込む舌も普段より熱く感じる。何度も角度を変え、深く求められる行為に、純玲はあっという間に足が立たなくなる。

「は……っ」

「つかまって」

キスをやめた泰雅は純玲の体を自分の方に向け、軽々と縦抱きにする。つま先が浮いて慌てた純玲は思わず泰雅にすがりついた。彼は寝室に移動し、そのままベッドの上に純玲を組み敷いた。

「泰雅さん……？」

戸惑う純玲を泰雅は両手足で囲うように捉えている。

「純玲、俺からは契約の早期終了を言いだすことはない。俺は……」

真上から見下ろす彼の瞳が切なく揺れた気がした。

「俺には、君が必要だから」

一瞬の間の後、泰雅は上半身を屈め再び唇を重ねてきた。同時にワンピースの裾が彼の手でたくし上げられる。

すでに彼の目から悲しみの色は消えていた。代わりに劣情がこもった眼差しで見つめられる。

今まで何度も肌を重ねてきたが、こんなに性急に求められるのは初めてだ。獣のような目で射貫かれたのも……いや、初めて抱かれた夜も彼はこんな目をしていた気がする。

鼓動を高鳴らせている間に純玲の服は次々と脱がされていく。いつも理性的で冷静な彼らしくない、もどかしげな手つきだ。でも純玲はそれがかえってうれしかった。

こうされていると、本当に自分を愛しい女として求めてくれているように錯覚できるから。もっと熱い瞳で見つめてほしくなる。

彼が自分を大切にしてくれていることは、今までの言動で十分わかっている。でも根底にあるのは、妹に向けるような親愛の情。それをこの契約結婚で〝夫婦〟という器に無理やりはめ込んでしまったのだ。そのいびつさに彼も気づいているのかもしれない。だから自分を必要だと言ってくれるし、少なくとも二年間はこうして求めてくれるのだ。〝夫婦〟の形を保つために。

「……私もです。泰雅さん」

（私も少しでも長く、あなたと一緒にいたい）

純玲は今できる精いっぱいの言葉を返し、覆いかぶさる夫に身を寄せ、手を伸ばし彼の髪をなでる。

肩口で泰雅が息を詰まらせる気配がした。

「……純玲、あまり煽《あお》るな」

彼は鎖骨に噛みつくように口づける。

「止まれなくなる」

熱い吐息とともに唇は徐々に胸もとに下がっていく。

「……んっ」

時折彼が触れた場所にチクッとした痛みを感じる。でもそれすらも心地よかった。

好きな人に求められることが泣きたいほどうれしくて、あふれる想いのまま純玲は胸もとで動く彼の髪をかき分けるようにする。この艶やかな黒髪が見た目よりやわらかいと知ったのも、初めて抱かれた夜だった。

（初恋の人をまたこんなに好きになっちゃうなんて……。ううん、私、本当は初恋を吹っきれてなんかいなかったのね）

しかし、純玲が自分を保てていたのはこのときまでだった。

「や、泰雅さん……あっ……」

胸もとにあった彼の唇がウエストを過ぎ、あらぬところまで降りた。純玲の声は切羽詰まったものに変わる。

「ん、だ、め……やっ……！」

与えられる快感に耐えきれずつま先がシーツをすべる。

「は……君の体はどこもかしこも甘いな。ずっと味わっていたくなる」

顔を上げた泰雅は、片手で自らの髪をかき上げながら熱い息をつく。本気になった男の壮絶な色気に純玲はただ翻弄される。それこそ体中を愛でられ、どうされても、どうなってもいいと、理性をドロドロに溶かされていった。

「泰雅さん、もう……」

とろけきった純玲は、汗ばんだ逞しい背中にすがるように手を伸ばす。

「……俺が君にそんな顔をさせてると思うとたまらないな」

泰雅は言うと純玲の中にその身を沈めていった。受け入れた彼は、火照った自分の体より熱く感じた。お互い追いつめられるように求め合い、あっという間に高められ、純玲の視界にはなにも映らなくなる。

「純玲っ」

「泰雅さん……っ！」

あなたを愛してる。

息もできないほどきつく抱きしめられて果てる瞬間、純玲の心を占めていたのはその想いだけだった。

5　とある弁護士の後悔と思惑

泰雅はすっきりと目を覚ました。

もともと寝起きはいい方だ。結婚してからは毎朝軽くジョギングし、シャワーを浴びた後、妻と囲む朝食を作るのが日課になっているが、面倒だと思ったことは一度もない。

しかし今日は日曜日だ。このままベッドから出ないで彼女が起きるのを待ってもいいかと思う。

「無理をさせてしまったな」

泰雅は、腕の中で眠る妻の顔にかかる髪を整えながら言葉を落とした。昨夜は箍《たが》がはずれたように彼女を抱いた。

昨日のデートはとても楽しかった。ブティックで見た彼女のドレス姿はどれも美しく、最終的に選んだ青紫色のドレスは、実は泰雅が『菫色で露出が少なく派手すぎない清楚なものを』と、母に無理やりリクエストしておいたものだった。母はあきれつつも店に伝えておいてくれたらしい。

なにも知らない純玲があのドレスを一番気に入ったのがうれしく、つい顔が緩みそうになった。以前プレゼントしたブレスレットを宝物だからドレスに合わせたいと言われたときは、抱きしめたい衝動を抑えるのに苦労した。

その後も彼女は楽しそうだった。Tシャツを選んでくれているときの真剣な顔もかわいらしかったし、自分のためにこっそり用意してくれていたプレゼントを渡されたときも、プレゼントはもちろんだが彼女の気持ちがうれしかった。自分たちの距離は確実に近くなっている。そう思ったのに。

『たとえ二年経たなくても泰雅さんが契約を終わらせたいと思ったら、いつでも言ってください』

さらに結婚式は挙げなくてもいいとまで言われ、泰雅は彼女からいきなり突き放された気持ちになった。

(君はいつでも俺から離れていけるのか？　冗談じゃない)

焦る気持ちのまま純玲の体を求めた。さらに彼女のとろけた顔や媚態に煽られ、一度では飽き足らずもう一度抱いた結果、意識を飛ばすように彼女は眠ってしまった。

(〝クールで大人な弁護士さん〟がなにをやってるんだか。どれだけ余裕がないんだ)

純玲の弱みにつけ込んでこの結婚に持ち込んだくせにと、泰雅は自嘲する。

自分はそれなりに分別のある性格だと思っていたのだが、彼女に関わることに対しては冷静になれないらしい。

婚姻届を提出してしばらく経つが、彼女はいまだにこの結婚は契約だと割りきっている。それがもどかしい。

泰雅は眠る妻の頬をなでながらつぶやく。

「……契約終了なんて、俺から言いだすわけないだろ」

こんなにも君を愛しているのに。


泰雅が純玲と出会ったのは、彼女の両親が営む喫茶店リバティ・スノーだった。

泰雅が通う大学にわりと近く、コーヒーもおいしい。穴場なのか同じ大学の学生があまりいないのも居心地がよかった。泰雅はこの店のカウンター席でひとりコーヒーを飲み、気分転換するのがささやかな楽しみとなり、何度か通ううちにマスターと仲よくなった。店で司法予備試験の参考書を眺めていると『ゆっくり勉強していっていいから』と、サービスでケーキをつけてくれることもあった。

無事、司法予備試験から司法試験まで合格すると『白石くん、頭いいんだね。ウチの娘の家庭教師してくれない？　週一でいいから』と頼まれた。

マスターの娘はたまに厨房で店の手伝いをすることはあるが、まだ中学生。ほとんど姿を見たことがなかった。高校受験を控えているが、塾は高いから行かないと言っているらしい。週一日くらいならと、泰雅は軽い気持ちで引き受けることにした。

純玲は年に似合わず落ち着いた雰囲気の女の子で、神秘的な瞳が印象的だった。日本人の瞳は黒といいつつ実際は茶色が混じっているものだが、彼女の瞳はかなり黒に近かった。

最初は緊張気味だった純玲も授業を繰り返すうちに自分に慣れ、慕ってくれるようになった。

努力家で学校での成績も上々、とくに英語が得意で、将来は英語を使う仕事がしたいと言っていた。

『洋画が好きで、字幕なしで観れたらいいなと思ったのがきっかけなんですけど』

聞くと意外にもアメコミヒーローものが好きらしい。はにかんで話す様子は愛らしく、弟しかいない泰雅は妹がいたらこんな感じなのかとかわいく思っていた。

真面目に勉強に取り組んだかいもあり、純玲は無事第一志望の都立高校に合格した。

その後、泰雅は司法修習を経て三峰・モルトレー法律事務所へ就職したが、多忙な中でも不定期で家庭教師は続けていた。彼女に勉強を教え、たわいのないことを話す時間は、弁護士として忙殺され、時に厳しい現実と向き合い続けなければいけない泰雅にとって、癒やしになっていたのだ。

純玲が高校三年生のある日、授業が終わると彼女が緊張の面持ちで『あの、白石さん』と切り出してきた。

『養子縁組の破棄って難しいんでしょうか。私、相続放棄したくって』

そのとき初めて泰雅は純玲の境遇を知った。純玲は自分を育ててくれた両親に感謝している一方、養子であることで今も、そして将来も両親に迷惑をかけたくないと思っていた。

年齢に似合わない落ち着きも、わがままを言わない分別のよさも、彼女の生い立ちが作り出したものかもしれない。

『血のつながっていない私のせいで、血のつながった人たちにケンカしてほしくないんです』

切なげにこぼした言葉は、彼女が長年抱えてきた本音だろう。

泰雅は純玲に、養子縁組の解消に関しては手続き的にはできなくはないが両親は悲しむと諭し、すぐに結論を出さなくてもいい、この先困ったことがあったら自分が全力で力になると伝えた。

『はい……ありがとうございます。白石さんが力になってくれるなら、大丈夫ですね』

今まで誰にも言えず思いつめていたのだろう。純玲は心から安心したように笑った。自分を信頼しきった眼差しに泰雅は庇護欲が刺激され、この子を守りたいと思うようになった。

守るべき存在だった純玲を女性として意識するようになったのは、彼女が大学に入った後。泰雅は英文科に進んだ彼女の英会話の練習相手として定期的に会っていた。『白石さん、今日もよろしくお願いします』と礼儀正しく迎え入れてくれる純玲。かわいいのは相変わらずだが、グッと大人びた表情を見せるようになったことに気づいてからは心が落ち着かなくなった。

こちらを見る真剣な瞳にドキリとし、ふと気が抜けたときの笑顔に魅了された。泰雅が自分の想いを自覚するまで時間はかからなかった。

しかし〝先生〟の立場は崩さなかった。いや、崩せなかったのだ。人は本気で手に入れたいと認識すると、下手なことはできないと臆病になる。

彼女の様子から、今まで交際経験がないのはわかっていた。初心《うぶ》な彼女に、理解ある大人だと信じて疑わなかった〝先生〟がいきなり〝男〟を出したら戸惑うだろう。信頼を失い距離を取られるかもしれない。今ある穏やかな関係も、自分の癒やしも失いたくなかった。しかしそう思ったことを、後に泰雅は死ぬほど悔やむことになる。

純玲が大学三年のとき、泰雅は事務所の指示でアメリカへ留学することになった。
三、四年帰ってこられないことはわかっていた。
キャリア的には不可欠なものだから行くつもりだったが、純玲と離れるのはつらかった。会うたび綺麗になっていく純玲は、社会に出たらほかの男に奪われてしまうかもしれない。だから告白してから行こうと決めた。

しかしその矢先、純玲の母雪乃が交通事故に遭った。大腿骨を折るかなりの重症で、一時期寝たきりになったのだ。不安でたまらないだろうに、気丈に振る舞い母親のそばで世話をする純玲。そんな彼女を慰めることはできても、自分の気持ちを告げることなどできなかった。

渡米後、彼女が心配だった泰雅は連絡を取り、ビデオ通話で定期的につながることにした。英会話の練習が建前だったが、お互いの近況も話した。純玲の母は順調に回復し、リハビリに熱心に取り組んでいると話す彼女の表情は明るくなっていた。

画面越しではあるが、やはり純玲との会話は泰雅の最大の癒やしだった。

泰雅は予定通りニューヨーク州の司法試験に合格し、現地事務所に勤務する。

そんな中、たまたま立ち寄ったマンハッタンの老舗デパートで見つけたのが純玲に贈ったブレスレットだ。プラチナの一点もので、菫の花をモチーフとした繊細だが存在感のあるデザインはひと目で彼女にふさわしいと惹かれ、迷わずその場で購入した。

帰国したらこれを渡して今度こそ気持ちを伝えよう。彼女が受け入れてくれるなら結婚を申し込みたいとまで考えていた。

だが帰国まであと三カ月を切った頃、画面の向こうから聞こえた純玲の言葉に泰雅は突き落とされる。

『実は、結婚することになりそうです』

生きてきてあのときほど喪失感を感じたことはない。辛うじて平静を保ちながら相手の男のことを聞けたのは、弁護士として培った精神力の賜物だろう。

照れながら話す純玲に、『彼女が幸せになるならそれでいいじゃないか。相手は俺でなくても』と己に言い聞かせた。

しかし泰雅は帰国後、純玲が結婚する前に一度だけ会い、自分の気持ちに区切りをつけようと彼女に連絡を取った。

(未練がましい行動が大正解だったな)

実際に会った純玲は画面での印象よりはるかに美しくなっていた。

まぶしく思いながら、ホテルの日本食レストランの個室に案内した。そして、泰雅は純玲が恋人に裏切られていたことを知る。

傷ついた彼女の様子に、相手の男、佐久間肇に腸が煮えくり返るくらい腹が立ったが、同時に頭は冷たく冴えわたっていった。どうしたら、このまま純玲を手に入れられるかを考えるために。

まずはその場で佐久間に電話をかけさせ、しっかり別れてもらった。

純玲が恐れていたのは、恋人を従姉妹に奪われたと両親に知られることだ。自分を裏切った男や従姉妹への怒りより両親のことを気に病んでいる純玲は、やはり昔から変わっていない。そこを利用して契約結婚を持ちかけた。

自分も麗との縁談話は実際あったので、大げさに説明し、信ぴょう性を持たせた。

『お互いの利益のために結婚しないか？　契約期間はまず二年。それだけあればほとぼりは冷める』

男に裏切られた直後の彼女に、四年ぶりに顔を合わせた七つも年上の男がいきなり想いを告げて、受け入れてほしいと迫っても引かれるだけだろう。

まずは法的に手に入れ、少しずつ自分を好きになってもらえればいい。そのための二年間だ。

『ふふ、白石さんと結婚できるなんて素敵ですね。わかりました。契約します！　よろしくお願いしますね』

純玲に冗談だと思われているのはわかっていたが、言質《げんち》さえとれればいいと思っていた。酒は勧めたが記憶をなくすほど飲ませてはいない。明日になってもなかったことにはできないはずだ。泰雅はそこまで周到に考えていた。

『今夜はこのまま俺と過ごしてほしい。君がどれだけ女性として魅力的なのか俺が証明するから』

そのままホテルの部屋に誘い、自分のものにした。彼女に女性としての魅力がどれほどあるか教えたかったし、なにより今まで誰にも抱かれたことがないと知り、一刻も早く自分のものにしたいと長年抑え込んでいた箍がはずれたのだ。

我ながら最低な男だとはわかっている。でも、もう後悔はしたくない。一度失いかけたものを手に入れるチャンスが舞い込んだのだ。なりふりかまわず囲って絶対に逃がすつもりはなかった。

泰雅は翌日の朝、外堀を埋めるべく純玲が起きる前に彼女の実家に連絡を入れ、結婚の許しをもらいに赴いた。早朝の訪問に驚きつつも、純玲の両親は結婚について手放しで喜んでくれた。

当初泰雅は、まずは彼らから結婚の許しをもらうだけのつもりでいた。後で改めて双方の親に挨拶し、その後具体的に結婚の話を進めればいいと。

しかし、純玲の父が珍しく深刻な顔をして切り出してきた話を聞き事情が変わり、本気で結婚を急ぐことにした。

婚姻届を携えてホテルに戻った泰雅は、純玲に冷静に考える時間を与えず、その場で判を押させた。完全によくある詐欺の手口だ。

かくして純玲は泰雅の妻となった。

当初泰雅は、純玲が〝妻〟として自宅にいるだけで十分満たされていた。新しい生活や仕事に戸惑いながら、健気にどちらもこなそうとしている彼女を慮って、肌には触れずにいた。一度触ったら止まらなくなりそうな気がしていたからだ。

しかし我慢できたのは短期間。自分の隣で眠る安心しきった顔、食事のときに『おいしい』と漏らすいつもより少し高い声。彼女が家でくつろげるようになると、その存在自体がいちいち泰雅の心を煽った。結局〝妻の自覚を持ってもらう〟という自分勝手な理由をつけ、彼女を抱くようになった。

普段慎ましやかな彼女が腕の中でとろけた表情ですがりついてくると、彼女を守りたい庇護欲、そして俺のものだという独占欲でいっぱいになる。

事務所が百田ホールディングスと顧問契約を結んでいてラッキーだった。所長にかけ合い、担当にしてもらった。事務所ではトップクラスの稼ぎで経営に貢献しているのだ、このくらいのわがままは許されるだろう。

狙い通り、情報も手に入りやすくなった。親しくなった法務部の若い男性社員は雑談で『奥さん、奥ゆかしい雰囲気で人気があったんです。ひそかにファンだった男性社員結構いたんですよ』と教えてくれた。

純玲はその名の響きのまま、派手な美しさはなくとも健気に咲いて春を告げる花のごとく、優しく可憐な女性だ。本人はまったく自覚がないようだが、実際その魅力に気づいていた男は少なからずいたようだ。

佐久間のように女性を上辺やメリットだけで判断し、利用しようとする男は論外だが、後輩の的場のようにひと目見ただけで惹かれる男もいる。

これからも自分と同様に、あの綺麗な黒い瞳に自分だけを映したいと思う身勝手な男が出てくるだろう。

やはり早々に結婚したのも、百田の顧問弁護士になったのも正解だった。彼女の夫として周りの男をけん制できる。本来の目的とは違っているが。

こんなにも強い執着を感じるのは純玲に対してだけ。だから彼女に結婚生活の終わりを匂わすような発言をされて、激しい焦燥感に襲われた。

（君は残酷だな。ただでさえ、いつ君が〝向こう〟に奪われるかもしれない恐怖と毎日対峙しているのに）

奪われないためには慎重に確実に、かつ迅速に動かなければならない。

（昨日三峰から得た情報の裏づけを早急にしなければ。最悪の事態になったときに切れるカードは多い方がいい。向こうの意図が読めないからなおさらだ）

難しいが、やるしかない。彼女を苦しめるものは可能性も含めてすべて排除する。

それがたとえ彼女の〝家族〟であってもだ。

相変わらず純玲は目を覚ます気配もない。

「疲れさせたよな……ごめん。今日は、ゆっくり寝ていてくれ」

泰雅は純玲の黒髪をなでながらつぶやく。

ただでさえ朝が弱い彼女は、いつも以上に起きられないだろう。夫より早起きできないことを気に病んでいるようだが、まったくかまわない。

むしろ彼女のかわいい寝顔を見ながら、こうして好き勝手になめらかな髪や頬をなでキスするのが、自分の欠かせない日課なのだから。

泰雅は口の端を上げて、眠る妻の額に唇を寄せた。

6　芽生えたもの、決別するもの

九月下旬、長かった残暑が終わり、だいぶ過ごしやすくなってきた。

ランチタイム、純玲は自社ビルのカフェテリアで泉を待っていた。

仕事が押しているのか彼女はまだやって来ない。手もとのスマートフォンを見ると、彼女からアプリに【今向かってます】というメッセージと慌てて走る柴犬のスタンプが送られていた。

そのままスマートフォンを確認していると、見知らぬ番号からの着信履歴が残っていることに気づく。

履歴を見ると、この一週間ほど、同じ番号から数回着信が入っている。純玲は基本的には電話帳に登録していない相手からの着信には出ないようにしているので、あまり気にせず放置していた。

（なんか、気持ち悪いな……。拒否設定にしちゃおう）

その場で操作し、着信拒否設定を完了させたとき、ちょうど泉がカフェテリアに入ってきた。

「ごめんごめん！　お待たせ。打ち合わせが押しちゃって」

「大丈夫だよ、なに食べようか」

ふたりで定食のコーナーに並び、チキン南蛮定食を食べることにした。

「なんだかふたりでランチするの久しぶりな気がするわね」

泉は付け合わせのキャベツを口に運びながら言う。

「最近なかなか時間が合わないもんね」

純玲も相づちを打ちながらみそ汁を口に運ぶ。お互い秘書としてついている役員がいるため、彼らの都合で昼休みの時間がずれるのはあたり前なのだが、今日はうまくタイミングが合った。

「それに純玲、最近付き合い悪いじゃない。一緒に飲みにも行ってくれないし。そんなに旦那様の束縛が厳しいの？」

「まさか、そんなことないよ」

純玲は苦笑するが、目の前の美人さんはニヤニヤしている。

「でも、あんなに情熱的、かつ早業で純玲を手に入れた彼じゃない。まあ、長い間純玲のことを好きだったっていうから無理はないけどね」

泉は、泰雅がいつかエントランスで瑠美たちを前に言ったことをそのまま信じている。あの後、夫になった人が自分の家庭教師で昔からの知り合いであり、留学していて再会直後にプロポーズされたと説明したが、契約結婚であることは話していない。いらぬ心配はかけたくなかった。

「おとといも、法務部長室でお会いしたけど相変わらず大人でクール、カッコいいわね。法務部の子たち、目の保養だって白石先生が来社するのを楽しみにしてるもの。あんな人が旦那様だなんてうらやましいわぁ」

泉が秘書としてついているのは法務関連の役員なので、たまに泰雅と顔を合わせる機会があるという。純玲は今のところ社内で彼と会ったことがないので少しうらやましい。

「そんなことといって、泉のタイプはかわいい男性でしょ」

「バレたか」

泉はウフフと笑う。彼女のタイプは意外にもかわいいワンコ系男子で、裏表がなく素直な人が好きらしい。

「私も素敵な人にいきなりプロポーズされたいわぁ」と言いながら泉はタルタルソースたっぷりの鶏肉にかぶりつく。純玲もそれにならって箸を伸ばした。

デートの日、泰雅への想いを自覚した純玲は、彼が期限前に契約終了を言いだすことはないと言ってくれたのがうれしかった。あと一年八カ月は彼に必要とされるのだ。その間は精いっぱい妻の役目をしようと、以前にも増して家事に精を出している。

毎日ではないが、彼が起きると同時に目を覚ますこともできるようになった。彼より先でないところが情けないけれど。

そんな朝はなぜか不満げな夫をジョギングに送り出し、その間に朝食を作ったり簡単に家事を済ませたりする。夕飯も栄養バランスの取れたものを心がけている。

（でも最近の泰雅さんは忙しすぎるんだよね）

ここ一週間くらい、夫の忙しさに拍車がかかっている気がする。

抱えている案件が多いらしく、帰宅が深夜になることもざらだ。明日の土曜も仕事があって休めないという。こんなに毎日忙しいと、いくら健康体の彼でも倒れてしまわないか心配だ。

そんな中、明後日の日曜はオノデラ貿易の創業パーティーが控えていた。

でもせっかくの休日だから体を休めてほしい。パーティーは夫婦同伴でなくていいから家で休むよう言ったのだが、彼は大丈夫だから出席すると言って譲らなかった。

「あれ、純玲、あんまり食が進んでないじゃない」

考えにふけっていた純玲の箸が止まっているのに気づいて、泉が聞いてきた。

「うん……なんか意外に食べられない」

おいしそうだと選んだチキン南蛮だが、食べ始めてみるとやけに重く感じられて箸が進まなくなっていた。

「ちょっと、昨日胃が重かったのがぶり返したかな。もっとさっぱりしたものにすればよかった」

「なんでもよく食べる純玲が珍しい。夏の疲れが出たのかな、無理しないで」

「うん、気をつけるよ」

泉に手伝ってもらったものの結局少しおかずを残してしまい、申し訳なく思いながらカフェテリアから出た。

化粧室に向かって歩いていると、泉が顔をゆがませて軽くおなかに手を添えた。

「あたた……始まったっぽい」

「生理痛？　薬は持ってる？」

「うん。戻ったらすぐ飲むわ」

以前から泉は生理痛が重いので、いつも薬を持ち歩いている。

「一度、病院で診てもらった方がいいかもね」

純玲は泉をいたわりながら歩く速度を落とす。

「一回婦人科に行ってみようかなと思ってるんだ。ピルもらってる先輩もいるし」

「その方が安心だよね」

純玲も泉ほどではないが、生理のときはおなかが重くなるように痛むこともある。薬を飲むほどでないのがありがたいが。そこでふと思う。

（そういえば、今月、生理きてない？）

たしか前回は前月の頭だった。そう考えると二カ月弱きていない。

普段からかなりの生理不順で、とくにここ最近は怒涛の日々だったからすっかり意識から飛んでいたが、さすがにこんなに間が空くことはなかった気がする。

何気なく頭に浮かんだ事実が、ある可能性をはらんでいることに気づき、純玲はヒュッと息をのむ。

（まさか……でも……）

心あたりがないわけではない。先月泰雅とデートしたあの夜だ。一度だけ、お互いに余裕がなく彼は配慮できないまま……。

「え、純玲、どうかした？」

純玲は思わず足を止めその場に立ち尽くしていた。泉が心配そうに顔を覗き込んでくる。

「う、ううん、なんでもない」

純玲は上ずった声でごまかすことしかできなかった。


「……薄いな」

社長の声で純玲は我に返った。社長は大きな革張りの執務椅子に座り、睨みつけるようにこちらを見上げていた。彼の手もとには先ほど出したコーヒーカップがある。動揺を抑えつつ午後の仕事にあたっていたのだが、上の空だったのかもしれない。コーヒー豆の分量を間違えていたようだ。

「も、申し訳ありません！　すぐに淹れ直します」

慌ててカップを回収しようとすると制される。

「どこか体調が悪いのか？」

「いえ、注意力が散漫になっておりました」

そう言い訳すると、社長の眉間のしわが深まる。

「集中力を欠いたまま勤務について大きなミスをされても困る。今日は帰りなさい」

「いえ、社長――」

純玲の言葉を遮るように、社長はスマートフォンを手に取る。

「神崎、社長室へ」

秘書室で雑務をしていた神崎が戻ってくる。純玲の顔を見た途端、心配そうに声をかけてきた。

「僕がもっと早く気がついてあげればよかった。白石さん顔色悪いよ。疲れがたまっているのかもしれないから、もう今日は帰って週末ゆっくりしたらいい」

「……申し訳ありません」

深々と頭を下げることしかできなかった。結局そのまま帰宅を促され、純玲は肩を落としながら会社を出た。

私情を仕事に影響させるなんて秘書失格だ。現に社長にはあきれられ、神崎には心配をかけてしまった。

(こんなんじゃだめだ)

どちらにしてもはっきりさせなくてはならない。純玲はドラックストアに寄って妊娠検査薬を購入した。

いつもよりずいぶん早い帰宅のため、泰雅は当然帰ってきていない。ホッと息をつく。もし今彼と顔を合わせたら、間違いなく挙動不審になっていたはずだ。

すぐに着替えを済ませ、トイレで検査薬を開封した。

じっくり時間をかけ説明書を読んで検査をしたが、結果は呆気ないほどすぐに出た。

「……陽性だ」

純玲は声を落とす。

手もとのスティックには、はっきりとピンクの線が浮き出ていた。

トイレを出た純玲はノロノロと歩きリビングのソファーに背中を預けると、下腹部に両手をあてて目を閉じる。

（ここに泰雅さんの赤ちゃんがいるのね）

急に自分の体が自分のものでなくなった感覚がして、不思議な気持ちになる。もっと動揺するかと思ったが、事実がはっきりした今、逆に冷静に受け止められている気がする。

純玲はおなかに手をあてたまま、しばらく気持ちを落ち着かせた。

「……なんて言おう」

はからずして授かった命。おなかにいるという実感はまだ湧かないが、自然にうれしいと思えた。ここにいるのなら産んで育てたい。なにより愛する人の子どもだから。

でも、泰雅はどう思うだろう。円満離婚前提だから、子どもができたときのことはもちろん取り決めていない。泰雅にとっても想定外のことだろう。

彼のことだ、純玲を傷つけるような言動は取らないはず。産みたいと言ったら受け入れてくれると思う。その上で今後どうするかは冷静にかつ建設的に考えてくれる。でも、湧き上がる不安は理屈では消せない。子どもの存在を告げたときの彼の戸惑う様子を想像すると……つらい。

(手放しで喜んでもらいたいなんて、思っちゃいけないんだけど……)

純玲はしばらくそのまま目を閉じ続けた。

泰雅が帰宅したのは午後十時過ぎだった。これでも最近では早い方だ。

「おかえりなさい」

「ただいま、純玲」

玄関に迎えに行くと、泰雅は屈んで純玲の額に唇で触れる。こういう甘いやりとりも久しぶりだ。遅くなる日は先に寝ているように言われるからだ。

「どうした、元気がないようだが。会社で嫌なことでもあったのか?」

夕食を取る泰雅を見守っていると、訝しげな顔で尋ねられた。妻の表情が冴えないのを察知したらしい。普通にしているつもりだったのに。するどい。

(さすがに切り出すには、まだ心の準備ができてない……)

「え、そうですか？　会社ではなにも。ちょっと胃が重くて、夏の疲れが出ちゃいましたかね」

（実際に会社では社長にうっすいコーヒーを出すという失態を演じました。それよりも、あなたに切り出す勇気が持てないこともあります……）

そうは言えずに、純玲はとっさに取り繕う。もう今日はごまかしてばかりだ。

「大丈夫か？　明後日のパーティーまでによくなるといいが」

気遣う泰雅の言葉に、そうだったと純玲は思い出す。今日はいろいろあってパーティーのことがすっかり頭から抜け落ちていた。

「大丈夫です。泰雅さんこそ、最近ものすごく忙しいじゃないですか。私、体調が心配で」

優秀な弁護士なだけに、彼が扱う案件の規模も金額も大きく、高難度であることは理解している。でも本人が倒れてしまっては意味がない。

「心配かけてすまない。俺しか受けられない大事な案件なんだ。あと少しで……決着をつけたいと思っている」

そうしたらもっと君とゆっくりできるな、と泰雅はつぶやいた。

食事が済み片づけを終え、ふたりで同じベッドに入る。

「明日は休みだろう？ ゆっくり寝てていいから」

泰雅はふんわりと純玲の体を抱きしめてくれる。

「でも泰雅さんは出勤ですよね」

「先方との約束の時間が遅いから大丈夫だ。だから心置きなく寝坊していいぞ」

心地よいささやきに体の力が抜ける。

「はい、わかりました。泰雅さんもゆっくり寝てくださいね」

「ああ、わかった……おやすみ」

お互いを気遣い、こうして温もりをわかち合うことはなんて幸せなんだろう。

泰雅に髪をなでられ、純玲は心地よさとともに目を閉じたのだが……いつもすぐにやってくるはずの眠気が今日は訪れない。

妊娠したことを知ってから半日も経っていない。冷静に受け入れたつもりでも、まだ気持ちが高ぶっているのかもしれない。

（来週病院で診てもらってはっきりしたら、泰雅さんにちゃんと言おう。ふたりの子どもであることは間違いないんだから）

純玲がじっとしていると、寝たと思ったのか、泰雅の体が離れそっとベッドを降りた気配がした。そのまま寝室を出ていったようだ。

どうしたのだろうと、純玲は薄目を開けつつ耳をそばだてる。

しばらくすると少し開いたドアの向こうから話し声が聞こえてきた。どうやら電話をしているようだ。

会話の内容まではは っきり聞こえないが、泰雅の声で相手だけはわかった。

「そうか。あぁ、わかった……ありがとう、三峰」

(……また、麗先生だ)

彼女とはともに担当する案件があるらしく、よく電話がかかってくる。

睡眠時間を削ってまで話すことはないのに、と考えかけてやめる。

同じ事務所に勤める弁護士同士、ふたりにしかわかり得ない大事な仕事の話なのだろう。自分がとやかく言えるわけがない。

彼女と話すときの泰雅の声が親しげで優しく聞こえたとしても、気にしてはいけないのだ。

純玲は布団をかぶり直し、もう一度しっかり目を閉じた。

オノデラ貿易創業五十周年の記念パーティーは、日曜の夕刻から都内一流ホテルの大広間で行われていた。

ホテルでタクシーを降りたときから、純玲は夫を同伴したことを後悔し始めていた。多くの視線がこちらに向いている。パーティー会場に入ってからはなおさらだ。

（泰雅さんが全方位イケメンだってこと忘れてた……！）

今日はあまり目立たないようにして、頃合いを見て退出させてもらおうと思っていたのに、彼が隣にいるだけで注目を浴びてしまう。

なんせ今日の泰雅はブラックタキシード姿。長身で均整の取れた体つきに沿うようにオーダーされたそれをまとう彼は、存在自体がフォーマル。普段スーツ姿を見慣れている純玲でも思わず見とれる麗しさだ。

それなのに『男のタキシードなんてパートナーの女性の魅力を引き立たせるためのもの』と言って憚らないのだから、さすがはアメリカ帰りだ。

（引き立てていただくだけの魅力が私にはないです……）

純玲も泰雅と選んだ青紫色のドレスにブレスレットを身に着け、美容院で髪もハーフアップにセット、メイクもしてもらった。自分ではなかなか素敵になった気がしたのだが、ハリウッド俳優に見紛うほど魅力的な男性の横に妻として立つことに、どうしても気後れしてしまうのだ。

そんなことを考えている純玲の横で夫がため息をついた。

「純玲はちょっと着飾るだけで美しさが際立つから、男たちに注目されて困る」

「えっ、待ってください。注目されてるのは泰雅さんじゃないですか」

真面目な顔で急になにを言いだすのかと慌てて否定する。

「君は自分のことになると途端に鈍感になるな。まあいい。ほら、美しい妻をエスコートさせてくれ」

泰雅は片腕をスッと差し出してくる。純玲は頬を赤らめながら、素直に手を掛けた。

「相変わらず仲がいいねぇ」

振り向くと笑顔の父が立っていた。スーツ姿の父を見るのは久しぶりだ。母も品のいいツーピースを着て父の傍らに控えている。

「お父さん、お母さん」

「お義父さん、お義母さん、こんばんは」

「白石先生、純玲も今日はわざわざありがとう。せっかくだからしっかりおいしいものを食べて帰ったらいいよ」

パーティーは立食形式で、豪華な食事がずらりと並べられている。会場内の装飾も華やかだ。

「かなり豪華なパーティーですね」

泰雅の言葉に父はやれやれという顔をする。

「ずいぶん派手だなぁ。今こんなことにお金をかけている余裕は会社にないはずなのに。弟の見栄だろうな。五十周年、そこそこ歴史があるだけで、変わる努力をしてこなかった結果、こうして上辺だけ取り繕うことしかできない会社になってしまった。経営不振で給料は下がっても役員報酬は変わらないままで、若い人は愛想をつかして次々と辞めてるって聞くよ」

「そうだったんだ……」

社長の経営判断が会社の命運を分ける。あたり前のことなのだが、純玲は社長秘書になって肌で感じるようになった。百田社長は常に冷静に世の中の動きを読み、決断に私情を挟まない。それを冷徹という人も多いが、グループを発展させるため、ひいては社員を守るためだと思っている。

二社の規模はまったく違うがその本質は変わらない。

（今さらだけど、瑠美ちゃん、よくコネ入社できたなぁ）

百田ホールディングスにとって、オノデラ貿易は数ある小さな取引会社のひとつでしかないはず。娘をコネ入社させてまで、結束を強めたいような相手では正直ないように純玲は感じていた。

「僕の今日の役目はね、オノデラに戻るつもりはないことをこの場でアピールして回ることらしいよ」

父は話を続ける。最近経営に行きづまっているオノデラ貿易社内では、前社長の父にもう一度采配をとってもらいたいという声があがっているらしい。それを脅威に感じた叔父から、戻るつもりはないと表明しろと言われているそうだ。

「頼まれたって戻るつもりはないのにね、雪乃さん」

「めんどくさいものねぇ」

一応周囲を気にして小声だが父と母の顔は明るく、おもしろがる余裕すらある。いろいろあったかもしれないが、以前泰雅が言っていたように、両親は小野寺家を見限っており、わだかまりはどうでもいいものになっているのかもしれない。

（むしろいつまでも〝小野寺〟にこだわっていたのは私だけだったのかもしれない）

久々に長男夫妻、養子の純玲までも公の場に姿を見せているので、親戚や事情を知る人間はこちらを遠巻きに見ながらひそひそと話をしている。

一方、社長である叔父や、叔母、娘の瑠美はたくさんの人に囲まれて談笑している。瑠美の隣には肇の姿があった。泰雅は肇の姿を認めるとスッと無表情になり、彼らから距離を取る。

「お義父さんが言うように、せっかくだからなにか食べよう。もう体調はいいんだろう?」

「はい、今はもう大丈夫になりました」

不思議と今日は胃の重さは感じず、食欲もある。スパークリングワインを勧められ、一瞬おいしそうだと反応してしまったが、ハッと気づき、やっぱり胃が心配だからといってカモミールティーをもらう。アルコールは厳禁だ。気をつけなければ。

しばらくすると、来賓の挨拶が始まった。前社長である父も壇上で簡単にスピーチをした。内容はあたり障りないが、宣言通り自分はオノデラ貿易とは無関係であることをはっきり知らしめるものだった。

再び歓談の時間になる。

「お父さん、堂々としていて普段よりかっこよく見えました」

「そうだな。さすがに落ち着いていた。正直、お義父さんの方が社長の器だな……あ、純玲、ちょっと離れてもいいか?　社長、今フリーだから挨拶してくる」

「叔父さんに?」

「初めて会う妻の叔父だろう?　それにこのパーティーの主催者だ。きちんと顔合わせはしておかないと」

「なら私も」

「いや、少し話してすぐに戻るから、お義母さんと待っていて」

泰雅はそう言い残すと、会場の奥にいる叔父の方にサッと歩いていった。

「……行っちゃった」

フットワークの速さに苦笑しつつ、言われたように母のところに行こうかと思ったが、母は父と旧知の社員らしき人たちと笑顔で話していた。

割って入るのはやめようと、純玲はカモミールティーを手に休憩できるところを探そうと周りを見回す。ドレスに合わせたヒールの靴はもともと低めだったのでそれほど不安定ではないが、立ちっぱなしで少し疲れてきた。

遠目に笑顔の泰雅が叔父と話しているのが見える。

(気のせいかな、叔父さんの顔色が悪い気がする)

泰雅が内緒話のようになにかを耳打ちすると、叔父から余裕の表情が消えたように見えたのだ。大丈夫かなと思いつつ、会場の隅に並んだ椅子にひとり腰掛けた。

するとひとりになった純玲に目ざとく声をかけてきた人間がいた。

「純玲、久しぶり」

前に立ったのは、以前交際していた男。

「……肇さん」

今は婚約者の瑠美は伴っておらず、ひとりで純玲に近づいてきたようだ。

「ちょっと会わないうちにずいぶん綺麗になったな。そのドレスも似合ってる」

タキシード姿で笑みを浮かべている肇は、相変わらず爽やかな好男子という雰囲気をまとっているが、こちらを見る目は品定めするようなぶしつけなものだ。拒否感しかない。一度は好きだと思っていた人にこんな感想を持つのは悲しいが、仕方ない。

（なんでわざわざ……。私とふたりで話しているところ、瑠美ちゃんに見られたら困るんじゃないの？）

純玲の困惑をよそに肇は話し続ける。

「よかったよ、純玲に会えて。何度か電話したけど出てくれなかっただろ。会社では人目があるし」

「あの着信、肇さんだったんですか」

先週、何度か入っていた着信は肇からだったのか。別れた直後に泰雅に言われて電話帳から削除していたから、気づかなかった。

「会って話したかったんだよ。なぁ純玲、僕たちやり直さないか」

肇はさらに信じられない言葉を吐いた。

（は？　どういうこと？）

純玲は呆気に取られる。婚約者のいるパーティー会場で既婚者に復縁を迫るなど、なにからなにまで非常識すぎないか。あきれて声も出ない純玲に話を続けていいと解釈したのか、肇は純玲の隣の椅子に座ると小声で続ける。

「あのときは悪かったよ。瑠美に言い寄られてついさ。あいつ君のこと目の敵にしているから、君から僕を奪いたかっただけなんだと思う。それにもうこの会社、危ないんだろう？」

肇はオノデラ貿易の経営状況が思わしくないことに気づいたらしい。

「近いうちに婚約は解消するから」と言った肇は、「それにしても」とさらに声を落とし近づいてくる。

「驚いたよ。まさか君が……」

近い距離と耳ざわりな声がいよいよ我慢できなくなった純玲は立ち上がり、肇の言葉を遮る。

「なにを言われているのか、意味がわかりません。私、もう結婚してるの知ってるでしょう？」

しかし肇はなんでもないように応えてくる。

「あんな好き勝手にやっている男に君が縛りつけられることはない。別ればいいじゃないか」

（ちょっと待って、本当にこの人大丈夫……？）

次々と繰り出される肇の非常識な言動に当惑しきったとき、高い声がした。

「なあに純玲ちゃん、人の婚約者と浮気？　節操がないのね」

「瑠美ちゃん」

肩を露出させるタイプの赤いドレスで着飾った瑠美が、こちらを睨みつけながら立っていた。装いは綺麗だが、悪意を表に出した表情はお世辞にも美しいとは言いづらい。

曖昧に笑って肇が立ち上がり、彼の横に瑠美が寄り添う。

「弁護士の旦那様がいるのに人の婚約者を誘惑しようとするなんて、いいご身分ですこと」

会話の内容は聞かれなかったようだが、ふたりで話しているのを見て勝手に純玲が肇を誘惑したことにされてしまったらしい。

「誘惑なんてしてないわ。話しかけてきたのは佐久間さんの方よ」

「あら、言い訳するの？　やっぱり純玲ちゃんは図々しいのね。本当の娘じゃないくせに小野寺家に入り込んで不幸を呼んだ疫病神だものね」

「瑠美ちゃん……」

彼女はなぜ昔からここまで自分に敵意を向けるのかとやるせなくなる。たくさんの人の愛情を一身に受け、わがままが言える彼女のことを自分はまぶしく思うくらいだったのに。

図々しい。疫病神——よく耳にしてきた言葉。幼い頃はそれらがなにを意味するのかよくわからなかった。その意味を初めて知ったのはいつだっただろう。

自分が傷つくと両親が悲しむ。それが怖かった。だから心ない言葉を受け流すのが得意になり、そのまま大人になった。でも。

純玲はうつむきがちだった顔を上げた。

「本当の娘じゃない疫病神は、幸せになったらいけないの？」

「……な、なによ！　なにが言いたいのよ！」

これまではっきり言い返したことのない純玲が真っすぐ見すえると、瑠美は焦ったように声を荒らげる。

その声でざわついていた周囲の視線がこちらに向き、純玲はしまったと先の言葉をのみ込む。今日は小野寺家の結束を見せるために呼ばれたはずだった。ここで従姉妹といさかいを起こしたら逆効果だ。

叔父と話していた泰雅も異変に気がついたようで、驚いた表情でこちらに駆けつけようとしているのがわかる。

（違う。ここで黙ったら今までと同じだ）

泰雅が言ってくれた。だれかの悪意は必要以上に重く感じられる。でも、それ以上に自分を大切に思ってくれる人がいる。その人たちのために、自分も自分を大事にするのだ。小野寺家の結束なんて、もう知ったことではない。そんなものはとうになくなっている。

純玲はローヒールの両足でしっかり絨毯を踏みしめた。

「小野寺家の姓を名乗らせてもらったことは感謝してる。でも、育ててくれたのは両親。それにもう白石に嫁いでいるの。おかげさまで幸せに暮らしてるから、小野寺の本家と関わるのはこれで最後にする。だから金輪際《こんりんざい》、私にかまわないで」

純玲の毅然とした声が周囲に響き渡った。

瑠美は一瞬あぜんとした後、プルプルと震えだす。

「なに、急に開き直ってんのよ！　あ、あんたなんて……っ」

激高しかけた瑠美を制したのは慌てて駆けつけた叔父だった。

「瑠美、やめなさい！」

「パパ⁉　なんで止めるの！」

「周りの目もある。とにかく黙ってくれ」

やめておいた方がいいと、肇も止めに入る。気づくと、いつの間にか純玲の傍らには泰雅が寄り添うように立っていた。

叔父は泰雅に一瞬視線をやってから、純玲に向き直った。

「純玲、わかった。今後もうこちらとはいっさい関わらなくていい」

「叔父さん？」

「もういいから」

叔父は淡々とした口調でそう言い残すと、なおも不満気な瑠美を連れてその場を離れた。

「佐久間とふたりきりで話をしたのか？」

声を尖《とが》らせる泰雅に、純玲は小声で「はい……」と答えた。

パーティーが終わる少し前に、純玲は夫とともに会場から出た。

先ほどの瑠美とのやりとりは両親にも見られており、やたらと称えられた。母などは感動の涙まで浮かべていたものだから、なんだか恥ずかしくなった。

ホテルのロビーを歩きながら、泰雅に『座っていたら佐久間さんに声をかけられて、話をしていたら瑠美ちゃんに誤解されたみたいで』と騒ぎのきっかけを説明したところ、驚いたように急に立ち止まり、ロビーの端に連れてこられた。

「なにを話したんだ？　あいつ、今さら君に合わす顔なんてないはずじゃないか」

いつも冷静な彼には珍しく、あからさまに不快感を表している。復縁を持ちかけられましたと言ったら、会場に戻って肇を糾弾しかねない気がした。

（わざわざ事を荒立てなくてもいいわよね。もうあの人私には関係ないんだし）

「私もそう思いますが、久しぶり、元気かみたいな話をされただけですから」

純玲は事実に触れずに説明すると、泰雅はあきれたようにため息をつく。

「本当に恥知らずな男だな。ひとりにしてすまなかった。純玲、今後会社で佐久間に接触されても相手にするな」

「はい、わかりました。もう完全無視で」

泰雅が言うように、相手にしなければいい。電話も拒否にしてあるから大丈夫だ。

純玲がはっきり応えると、泰雅は強張っていた表情をやっと戻した。

「そういえば泰雅さん、叔父さんとなにを話したんですか？」

叔父があの場で『いっさい関わらなくていい』なんて言うとは思わなかったから、泰雅が叔父になにか言ったのではないかと考えたのだ。

「あぁ、ちょっとオノデラ貿易の役員不正について聞いてみただけだ」

「え、役員不正？　……そんな話あるんですか？」

声が大きくなりそうなのを慌てて抑える。

「いや、企業法務の経験上、なにかしらやってそうだなと思って試しに『あくまで個人的に聞いた話ですが』とカマをかけてみた。そうしたら叔父さん慌てだしたんだ。だから『これ以上妻を困らせるなら、いろいろと調べてみてしまうかもしれません』って言った」

「うわぁ」

つまりは『妻をいじめるなら、お前の会社の不正を暴いて告発するぞ』と言ったのだ。弁護士がカマをかけた上に脅している。いいのだろうかと純玲は心配になった。

（だから叔父さん、顔色悪かったんだ……。心あたりがあるんだろうな）

叔父が瑠美を止めに入ったのは、泰雅が脅迫、いや、牽制したからだろう。

「結局助けられちゃったみたいですね。ありがとうございます」

「いや、普段おとなしい君が仁王立ちでタンカを切る姿は見とれるくらいかっこよかった。それに〝金輪際〟という言葉があれほど適切に使われる場面、初めて見た」

いいものを見せてもらったと楽しそうに言われ、純玲は少し恥ずかしくなる。

「つい、夢中で言い放っちゃいました。でも、後悔はしてません」

「あぁ。よくがんばったな」

泰雅はそっと純玲の肩を抱き寄せた。低く優しい声にふっと力が抜ける。そのことで、自分が体に力が入ったままだったことに初めて気づかされた。

「……はい」

長年ずっと胸の奥に引っかかっていたわだかまりが、やっと消えた気がする。

（勇気を持てたのは、泰雅さんのおかげだ）

契約であろうと妻を尊重し、寄り添い、言葉を尽くし、守ろうとしてくれる彼の存在が自分を強くしてくれたのだ。

純玲は抱かれた肩から伝わる彼の手の温もりが切ないほど愛しくなり、夫の広い胸に頬を寄せる。彼はそれに応えてふわりと抱きしめてくれた。

（私、泰雅さんに出会えてよかった……この先ずっと彼だけを愛していきたい）

唯一愛した人の子どもを宿せた自分は幸せだ。そう心から思えた。

7 なにを信じれば

パーティーから三日後の水曜日、純玲は会社帰りに産婦人科を受診した。

緊張しつつ診察に臨んだが、妊娠三カ月。心拍も確認でき、順調だと医師に言われて心底ホッとした。

産むことに迷いはない。泰雅がどう思うかはわからないが、この子は産むししっかり育てる。たとえひとりでも。その覚悟もできていた。

純玲は帰宅し、夕食を取った。ひとりだとつい簡単なものや出来合いのもので済ませてしまいたくなるが、一応栄養を考えて、豚肉をさっとケチャップで炒めたポークチャップにして、野菜をたっぷり入れたコンソメスープを作った。残ったスープは明日の朝飲めばいい。

体調は極めて良好だ。もう胃もたれのような感覚もないし、悪阻でよく聞く気持ち悪さや吐き気やだるさもない。ごはんの炊ける匂いやコーヒーの香りも大丈夫。今のところ仕事には支障がなさそうだ。

(泰雅さんは責任を取って結婚を継続するって言うかもしれないけど……それには甘

えたくないな）

食事を終え、食器を片づけながら考える。

この子の存在が泰雅を自分に縛りつけることにならないようにしよう。世の中、普通に愛し合って結婚し子どもができても、離婚する夫婦はいくらでもいる。同じだと思えばいい。

泰雅が嫌でなければ、子どもとは定期的に会ってもらえたらうれしい。自分のように、実の父親の顔も知らないよりはるかにいい。

「私ったら、まずは泰雅さんに伝えなきゃいけないのに。先走っていろいろ考えすぎかな」

独《ひと》り言《ご》ちて苦笑する。しかし、当の泰雅は急遽地方への出張で昨日から不在だ。明日の夜に帰宅予定なので、緊張するけどちゃんと伝えよう。

妊娠がはっきりした今、純玲はしっかり腹を括っていた。


翌日。一日の業務をつつがなく終えた純玲は、自社ビル一階のエントランスロビーをひとり歩いていた。先週末は社長と神崎に迷惑をかけたが、今週は順調に業務をこなしている。

泰雅からは先ほど【今事務所に戻った。まだかかりそうだが、明日朝一番で約束があるし今日はできるだけ早く帰る】とメッセージが入っていた。純玲は遅くなっても彼の帰りを待って話をするつもりだ。

エントランスを通り過ぎ、ビルから外に出る。まもなく十月に入るからか、陽が落ちるのがずいぶん早く感じられた。

さて夕食はどうしようかと考え始めたところで、背後からポンと肩を叩かれる。

「純玲」

振り返るとスーツ姿の肇が立っていた。口もとには笑みをたたえている。タイミングのいい登場に待ち伏せされていたと思い、すぐに身を引いて距離を置く。

「……なんの用ですか」

「そんな冷たい態度取らなくたっていいじゃないか。ちょっと話を聞いてほしくてね」

完全無視するよう泰雅と約束したのだ。取り合ってはいけない。

「私には話すことはありませんので。では」

「なあ、君って自分の本当の父親のこと、知ってるのか？」

踵を返そうとする純玲の背中に、思いがけない言葉が投げかけられる。

「えっ？」

（本当の父親？）

なにを言いだすのだろうと、つい応えてしまう。

「前に言いましたよね。実の父は亡くなっていて、私は養子だって」

純玲の反応に肇は少し驚いた顔をした後、「ふーん、なるほど、やっぱり」とニヤリと笑う。

「純玲、君の父親のことを教えてやるよ。それから……旦那の本性も」

「どういうことですか？」

困惑する純玲に肇は言う。

「会社の前で僕と一緒にいるところを見られたらまずいだろう？　場所を変えないか」

「……少しだけなら」

行くのはすぐ近くのビルだし、短時間で解放するからという言葉に純玲は了承した。

肇がなにを考えているのかわからないし信用もできないが、泰雅のことを陥れるつもりならはっきり言ってやりたかったし、亡くなった父親の話も正直気になる。

そこから歩いて数分、連れてこられたのは大手町。以前純玲も来たことのある、泰雅の勤め先の三峰・モルトレー法律事務所が入るテナントビルだった。

一階にあるロビーの窓際に外に向かって座れるカウンターの席がいくつかあり、辺りに人影はない。エントランスに背を向ける形で肇と並んで座る。

「なんでわざわざ……」

夫の勤め先のビルで話すのか。意味がわからない。

「ここだったら向こうからは見えないから。さて、今日もふたりで出てくるかな……と、ほら、来た」

チラチラ背後をうかがっていた肇が、純玲にも見るように促す。

顔だけ振り返ると、エレベーターから一組の男女が降りてきたところだった。泰雅と麗だ。ふたりともスタイルがいいので遠目でも目立つ。こちらに気づくことなく、ふたりは楽しげに話しながらガラスの自動ドアに向かう。そのまま待たせてあったタクシーに乗り込んだ。

「彼が浮気してるとでも言いたいんですか？　彼女も弁護士で同僚だから、行動をともにするのは当然です。ましてここは彼の職場ですよ？」

彼らを乗せたタクシーが視界から消えた後、純玲は冷ややかな声を出した。

たしかに並び立つふたりは美男美女でお似合いだし、距離感も近いように見えた。胸がチクリと痛んだことは否めない。でもそれだけでふたりが付き合っていることになるはずがない。

（事務所で仕事だと言っていたのに麗先生と出ていったのも、予定が変わったのかもしれないし）

「まあ、普通はそう思うよな。でも、これ見ろよ」

肇は奥行きの狭いテーブルの上に数枚の写真を並べる。

「……これは？」

それらの写真には、泰雅と麗がマンションに入っていく姿が収められていた。時間帯は昼夜両方あり、どれも同じマンションだ。中には泰雅がひとりで入っていくものもある。盗撮のようだが人物ははっきり確認できた。

「これなんか、旦那が買い物袋ぶら下げてる」

肇が指さしたものには、泰雅がスーパーの袋のようなものをぶら下げてエントランスに入るうしろ姿が写っていた。

「僕も暇じゃないから、調査会社に調べさせた。ここは三峰麗が親もとを離れて暮らしているマンション。で、君の旦那様は最近ここに入り浸っているってわけ」

たしかにここ最近、忙しくて帰りが遅い日が続いていた。彼女からよく電話がかかってくることも知っている。純玲は徐々に不安で胸がざわついてくる。

「同僚だからって、ひとり暮らしの女性の家に男が頻繁に通って、なにもないとはさすがに思えないよな」

「で……でも」

混乱しかけた頭で純玲は考える。そもそもあのふたりには縁談話が持ち上がっていた。それを回避するために、泰雅は自分との契約結婚を提案してきたのだ。もし付き合っているなら、最初から彼女と結婚すればよかったはずだ。

肇は写真を見ながら言う。

「美男美女でお似合いだ。純玲のお父上のことがなければ、君の旦那は三峰弁護士と結婚していただろうな。ある意味、彼女は被害者だ」

「お父上って……なんの話をしているんですか？」

「へぇ、やっぱり君は知らされていなかったんだな」

いよいよ肇がニヤリと笑う。もったいぶるように差し出された茶色い封筒を純玲は機械的に受け取り、中身を取り出す。何枚かの書類と、一枚の古い写真をコピーしたもの。

それらを見て純玲は絶句する。

「先々月、例の創業パーティーで配る冊子用の資料を探すのを手伝えって呼びつけられて、瑠美の祖母さんの部屋の本棚を調べさせられたんだよ。そのときたまたま見つけたんだけど、驚いたよ」

古い本の間に無造作に挟まっていた茶封筒。中身を見た肇は誰にも言わずにそこから持ち出したらしい。

「これって、そういうことだろう？」

そこに写っていたのは純玲の実母、真紀と、純玲がよく知る男性が寄り添う姿だった。さらに二十年ほど前の日付でＤＮＡ父子鑑定結果報告書のコピーがついている。

アルファベットと数値が並ぶ三枚目の解析結果解説のページには、日本語でこう記載されていた。

【擬父：百田雄一郎　子：小野寺純玲】【擬父は子の生物学的な父と判断される】

純玲はその文字に釘づけになったまま、視線が動かせない。

（社長が、私の実の父親……？）

ドクドクと鼓動が鳴り始め、言葉が出ない。

記憶に残る笑顔の母の肩を抱いた二十代とおぼしき社長がやわらかい表情で収まった写真を前にしても、理解が追いつかない。

「言っとくけどわざわざ偽造なんてしてないからな。君の養父母が持っていたものを見つけて、小野寺の祖母さんがコピーしておいたんだろうな」

可能性があるとしたら、父が家族を連れて本家を出る頃だ。あの後間もなく祖母の認知症が進み入院していたから、本人すらよく覚えていない状態でこの資料が放置されていたのかもしれない。

「急に社長秘書に抜擢されていたから、てっきり君も承知の上でと思ったんだけどな」

「知らな、かった……」

肇に応えるでもなく純玲はつぶやく。今まで誰も教えてくれなかった。少なくとも両親は知っていたはず。でも泰雅も知っていて黙っているなんて、ありえるだろうか。

純玲の考えを読んだかのように肇は言う。

「白石の考えてることは僕にもわかる。君と結婚したのはあいつがうまい汁を吸うためさ。戸籍上君の夫になれば、将来百田に君を認知させて、巨大グループの娘婿に収まるのも財産をせしめるのも可能だろう？ 離婚するにしても、優秀な頭脳で自分の有利な方向に持っていくだろうな。あとは、どのタイミングでカードを切るかだけだ」

「……まさか」

「疑うなら旦那に直接聞いてみたらいい。ちなみに調査会社の報告だと、白石は何度もひとりで君の実家に足を運んでるようだが、それは知ってる？」

「実家に……？」

再会した翌日以外、泰雅がひとりで実家に行っていたなんて、泰雅にも両親にも聞いたことがない。いったい、なにをしに？

「白石は君の実家にもうまく取り入ったんだろうな。さすが敏腕弁護士だよ」

うつむき続ける純玲に肇は追い打ちをかける。

「かわいそうだけど、君は騙されたんだ、白石は百田の血筋を利用するために結婚したにすぎないんだよ。そうじゃなきゃ、恋人がいるのにわざわざ君と結婚する理由にならないだろう？」

肇がぼうぜんとする純玲にかけた声は、憐れみを含むものだった。

純玲はひとりマンションに戻り、しばらくそのままソファーに座り込んでいた。

すでに午後十時近いが、着替える気にもなれない。ガラスのテーブルの上には、肇に渡された写真とDNA鑑定の資料が入った茶封筒が投げ出されていた。

あの後肇には、瑠美とは別れるから泰雅と別れて結婚しないかと熱心に口説かれた気がするが、あまり覚えていない。ただ振りきってその場を去った。

偶然純玲の出生を知った肇のもくろみは、泰雅の浮気を純玲に告発し破局させた後、自分が後釜に収まることだったようだ。

しかし純玲自身が自分の生まれを知らなかったことに気づき、嬉々として真実を告げたのだ。自分は本当のことを教えた恩人だと主張するかのように。

(社長が私の父親？　社長は知っていて私を社長秘書にしたの？　なんでお父さんもお母さんも教えてくれなかったの？)

さまざまな疑問が頭の中をぐるぐると回る。でも今頭の中の大部分を占めているのは、夫のことだった。

(泰雅さんは麗先生と付き合っていたのに、自分の利益のためだけに私と結婚したの？)

まだ泰雅は帰ってこない。タクシーに乗ったふたりは写真のマンション……麗の住む家に向かったのだろうか。

どんどん重くなっていく気持ちがつらくて、純玲は思わず目を閉じた。

『君は俺の妻だ。これからも君を夫として守っていく』

『俺には、君が必要だから』

『よく、がんばったな』

彼のくれた言葉が蘇る。

(今まで向けてくれていたあの優しさは、全部私を利用するための……嘘？)

冷静に考えたいのに、頭の中がぐちゃぐちゃだ。

「……うっ、気持ち悪い」

急に胸にせり上がるような吐き気を感じ、純玲が両手で首もとを押さえて深呼吸をしたときだった。

ガチャリと、静かに玄関のドアが開く気配がした。泰雅が帰宅したようだ。純玲はとっさに息を詰めた。リビングで純玲の姿を目にした彼は驚いた声を出す。

「純玲？　こんな時間までそんな格好でどうしたんだ？」

心配そうにすぐに近寄ってくる。彼の様子はいつもと変わらないのに、この優しさに自分は欺かれていたのかもしれないと思うと、もうなにもかもが信じられなくなる。

「本当に大丈夫か？　顔色が悪い」

泰雅は純玲の顔を覗き込んでくる。

（……もし今この子のことを告げたら、泰雅さんはどんな顔をする？）

彼の本心がわかるかもしれない。精神的に追いつめられ、そんな浅はかなことを考えていた。

「泰雅さん、私」

本当はこんな状況で言うことではないのに。

「妊娠しました」

静かなリビングがさらにシンと静まり返った気がした。

力はないがはっきりとした純玲の声は彼に届いたようだ。

泰雅は大きく目を見開き、息をのんで固まる。そのとき純玲は、彼の表情がはっきりと困惑にゆがむのを見てしまった。

（そうだよね。麗さんと付き合っているなら、私との子どもは欲しくないよね）

やっぱりと思う気持ちと、騙されていたという惨めな気持ちが同時に押し寄せ、純玲の心の均衡はとうとう崩れた。

「ああ……そうか」

数秒後、泰雅は純玲に腕を伸ばしてきた。しかし肩に触れる寸前、純玲は身をよじって拒否する。

「でも、泰雅さんは困るんですよね」

「純玲？」

泰雅は純玲に触れられなかった手を上げたまま、当惑している。

「本当は麗先生と結婚したかったんでしょう？　契約結婚が終わったら彼女と結婚するつもりなら、この子はいない方がいいのかもしれないですね。でも私、産んで育てますから」

最初からひとりで育てる覚悟はできている。

「どうした？　おかしいぞ、純玲。三峰とはそんな関係では」

「それともこの子も利用するんですか？　私と同じように……百田の血筋として」

純玲の放った言葉に、泰雅があきらかに目を見張るのがわかった。

「誰に、聞いた」

低い声で問われ、正直に答える。隠してもしょうがない。

「佐久間さんにこれを見せられました」

テーブルに置いてあった茶封筒の中身を見せる。

「佐久間と会ったのか？　会うなとあれほど言ったのに！　なんであいつがこれを……」

中身を確認した泰雅は声を荒らげる。

（あぁ、やっぱり本当なのね）

彼の反応に、万が一でも嘘であってほしいという願いが儚く消えた。

さらに増してくる吐き気を押さえながら言葉を絞り出す。

「いいじゃないですか。佐久間さんは親切に教えてくれたんです。おかしいですよね。

私が一番の当事者なのに」

（私だけ知らなかった）

純玲は自嘲する。

「泰雅さんは百田の〝娘〟を利用したかったんでしょう？　だから麗先生がいるのに私と結婚した」

「純玲、それは違う！」

「だったら……なんで黙っていたの⁉」

愛の伴わない契約結婚。自分に彼を責める権利はないのだろうか。でも、彼を人として心から信用していたのに。

声を荒らげた純玲の頬は濡れていた。いつの間にか涙をこぼしていたのだ。彼の前ではもちろん、人前で初めて流す涙だった。

「お願いだ、純玲。落ち着いてくれ」

泰雅は純玲を引き寄せ、抱き込んで懇願する。その腕はいつもの通り温かいのに。

（もう……どうしたらいいか、なにを信じていいか、わからない……）

「うっ……！」

「純玲？」

純玲は口もとを押さえて泰雅から慌てて距離を取ると、トイレに駆け込む。とうとう吐き気が我慢できなくなった。悪阻だろう。今まで大丈夫だったのに、精神的にショックを受けて体調に現れたのだろうか。

純玲はぐちゃぐちゃになった感情とともに、せり上がってくるものを吐き出した。

「はぁ……」

吐くと気持ち悪さが落ち着き、同時に自分がかなり感情的になっていたことに気づく。とはいえまだ泰雅と冷静に向き合える状況になっているわけではなく、しばらくそのままトイレの中でじっとしていた。

するとドアの外から「大丈夫か」と遠慮がちに声がかけられ、純玲はゆっくりと廊下に出た。

「……吐いたら、ずいぶん楽になりました」

「そうか」

安心したように息をついた泰雅は純玲に手を伸ばしかけたが、思い直したように下ろす。

彼は自分に触れるのを躊躇している。さっきは自分で拒んだくせに、その戸惑いを寂しく感じてしまうなんて。

「純玲、まだ顔色が悪い。今お義母さんに電話したからこれから君の実家に行こう。今夜は向こうでゆっくりして、そのまま明日は会社を休めばいい。俺も一緒に泊まるから」

泰雅の提案に純玲は首を横に振る。

「泰雅さん、たしか明日朝一番でお約束がありましたよね。私は大丈夫ですから」

多忙な彼を、事務所と距離のある実家から出勤させる気にはならない。

「俺が心配なんだ」

泰雅の表情は硬く、つらそうに見える。

「純玲が気になるなら、俺は実家まで君を送ってからここに戻る。とにかく体を休めてくれ」

「……わかりました」

まだ思考が整理できていないけれど、泰雅をこれ以上困らせたくなくて純玲はうなずいた。

簡単に身支度を済ませ、車に乗り込む。安全だからという理由で助手席ではなく後部座席に乗せられた。その距離感もあり、ふたりの間に会話はほぼない。

純玲は明るい都会の夜の明かりをぼんやりと眺めながら車に揺られる。彼の運転はいつにも増して慎重な気がした。

実家の前で車を止めた泰雅は純玲のバッグを持ち、車を降りると後部座席のドアを開けてくれた。

「純玲、これだけは信じてほしい。子ども、俺は本当にうれしいと思ってる。落ち着いたらもう一度話をしよう」

純玲を見つめ、そう言い残すと彼は帰っていった。


実家の玄関先では両親が待っていた。

時間はすでに午後十一時過ぎ。泰雅からの電話で純玲の妊娠を知ったふたりに体調を気遣われたが、純玲の希望でリビングで話をすることになった。

「……白石先生から聞いた。実の父親について純玲が知ったと」

目の前に並んで座る両親は、見たこともないような沈痛な面持ちをしている。

「お父さん、なんで……」

教えてくれなかったの？という言葉が喉に貼りつく。

「今まで黙っていてすまなかった。全部話すから……まずは、聞いてほしい」

そう言うと父は話し始めた。

純玲は旧百田財閥の御曹司である百田雄一郎と、看護師として働く宮野《みやの》真紀との間に生まれた子どもだ。

当時真紀が勤めていた総合病院で担当していたのが、特別個室の入院患者だった百田兼蔵《けんぞう》。雄一郎の祖父で、純玲の曽祖父にあたる人物になる。

病状が進み、余命いくばくもない兼蔵を見舞う家族はほとんどおらず、秘書や雇われた人間が事務的に訪れるばかりだった。百田グループに入社し日の浅かった雄一郎も滅多に見舞うことはなかったのだが、たまたま病室を訪れた彼に真紀は『病気の人は体だけではなく心だって弱ってるんですから。ご家族が顔を見せただけで元気になるんです！』ともっと見舞いに来るように言った。

それをきっかけに雄一郎は頻繁に祖父の見舞いに行くようになり、真紀とも顔を合わせるようになる。ほどなくしてふたりは恋に落ち、交際が始まった。

しかし兼蔵が亡くなり、葬儀などの忙しさで雄一郎と会えない日々が続く中、真紀は雄一郎の代理人から彼の結婚が決まったことと、この先百田には関わらないように告げられる。

当時百田家は祖父の死により雄一郎の父、正章《まさあき》が家督を継いだが、創業一族としての百田グループへの影響力は下がるばかりだった。そのため長男の雄一郎の政略結婚は、百田家の繁栄のために不可欠だったのだ。

真紀は言われた通りに姿を消した。そのときおなかに雄一郎の子を宿していたことはいっさい隠したまま。

両親を早くに亡くし、天涯孤独だった真紀は地方に移り住み、出産。看護師をしながら純玲を育てた。同郷の親友、雪乃だけには連絡を取っていて『大変だったけど、純玲がいたから幸せだしがんばれたわ』と笑っていたという。

しかし純玲が五歳になってすぐ真紀は突然病に伏せった。進行性のがんだった。連絡を受けて駆けつけた雪乃に『迷惑をかけてごめんね』と謝り、闘病のため親友夫婦に純玲を預けた。

三カ月後、自分の死期を知った真紀は純玲の父親の事情を彼らにすべて話し、娘を託した。遺言をふたつ残して。

「『百田に純玲は渡さないでほしい』……それと『純玲には好きになった人と結婚させてあげて』、そう真紀は言ってたわ」

母は目を潤ませながら話を続けた。

当時、旧百田財閥は後を継いだ正章が心臓の病を抱えていたこともあり、次期総帥の座を巡って様々な駆け引きが行われていたらしい。愛人の子が複数いたことも総帥の妻を苛立たせた。

「そんな環境の中、純玲を百田家にやるわけには絶対にいかなかったんだよ。うちも君にとってそんなにいい環境じゃなかったけど。でも、百田に君をやったら君を誰も守ってくれないと思ったんだ。実の父百田雄一郎でさえまったく信用できなかった。だって、真紀さんを平気で切り捨てるような男だろう」

かくして両親は、養子として純玲を迎え入れることになった。

しかし純玲が小野寺に引き取られてすぐ、なんと百田雄一郎本人が父にコンタクトを取ってきた。

雄一郎は淡々と、純玲が自分の娘だった場合には百田に引き取ると申し出て、DNA検査を要求したのだ。

「雪乃さん、めちゃくちゃ怒ってね。なにがDNA鑑定だ。ほかの男の子かも知れないと思ってるのか。切り捨てた上、亡くなった真紀をバカにするのはやめろって」

小野寺夫妻は雄一郎を追い返し、純玲にも会わせなかった。

「でも結局DNA検査には応じたのよ」

そう言いながら母がテーブルの上に置いたのは、真紀と雄一郎が寄り添う写真と、DNAの鑑定結果。純玲が見たものの原本だ。

百田は弁護士を通じてこの写真を渡し、今後純玲に接触しないことを条件に検査だけは行いたいと言ってきたらしい。

両親がそれを受け入れたのは、自分たちになにかあったときのためと、いつか純玲に真実を話すときのためだった。

その後、雄一郎からの連絡はなくなった。接触しない条件を守ったというより、興味をなくしたのだろうと両親は思っていた。きっとほかにも隠し子はいて、純玲はそのひとりなんだろうと。

しかし、時が過ぎなんの因果か、純玲が就職先に選んだのは百田ホールディングスだった。

「そんな中、百田雄一郎個人の弁護士が再び連絡してきたんだ。純玲を実の娘として百田家に迎えたいと」

対応に悩んでいたところに泰雅が結婚の許しを得に訪れた。彼が優秀な弁護士で信用できる人物であることも知っている。藁にもすがる思いで、夫妻は泰雅に事情をすべて話した。

泰雅は両親の代理人となり、百田側からの面談の申し出をかわし続けている。しかしなぜか百田側も強く打って出ず、なにを考えているのか見えない状況が続いているらしい。

「泰雅さんが知ったのはあの日だったのね」

彼が純玲の出生の事情を知ったのは、再会し契約結婚の約束をして、そして初めて肌を合わせた翌朝のことだったのだ。

(だとしたら、泰雅さんは私の血筋とは関係なく契約結婚の話を持ち出したということ？　私は利用されていたわけではないの？)

自分は肇の話に動揺して大きな思い違いをしていたのかもしれない。

でも、なぜ彼は自分に出生のことを黙っていたのだろう。純玲の中に希望と戸惑いの感情が同時に湧いてくる。

「純玲、白石先生はここ最近仕事が終わった後、何度も家に通って僕たちを説得してくれたんだよ。純玲に真実を話すべきだって」

泰雅がひとりで実家を訪れていたというのは、両親を説得するためだった。

「『人は誰しも自らのルーツを知る権利がある。そしてほかでもないご両親が真実を伝えることで純玲は受け入れられると俺は思っています。大丈夫。彼女の強さも愛情深さも、ご両親が育んだものなんですから』って」

「泰雅さんがそんなことを……」

「そうすべきだとわかっているのに、僕たちに言い出す勇気がなくて今日まできてしまった。君に軽蔑されるのが怖かったんだ。だってそうだろう？ 実の父親が生きていることを知っていて、死んだと嘘をついていたんだ。……本当に、申し訳ない」

普段は明るく人のいい父が見たことのないような顔をし、母と同時に頭を下げた。

「……お父さん、お母さん」

軽蔑なんてしない。それは、この人たちが嘘偽りなく自分を愛して育ててくれたことを身をもって知っているから。

実母の葬儀のとき、ふたりは自分を抱きしめ『大丈夫だからね』と言ってくれた。その温もりは今も忘れていない。

実母は純玲の幸せを願い遺言を残し、両親が守ってくれていたのだ。それはすべて純玲のため。行く末を案じ守るためだった。

「……私、混乱してみんなに騙されていたのかもって思っちゃったの。でも本当は私を守ろうとしてくれてたんだよね。私を養子にしたせいでお父さんたちに迷惑、かけたのに」

純玲は言葉を詰まらせる。

「純玲は僕たちを幸せにしてくれたんだよ。もともと社長なんて向いてないお人よしの僕が、若い頃からの夢だった喫茶店のマスターになるきっかけを与えてくれたのは君だ。君をいじめる血縁者に愛想をつかして家を出る決心ができたんだから」

「真紀に頼まれなくても、私たちはあなたを引き取ったわ。すーちゃん、私たちを親にしてくれてありがとう」

両親の言葉にとうとう涙がこらえきれなくなる。

「私も、お父さんとお母さんの子どもになれてよかったって思ってる……ありがとう」

ボロボロと泣く純玲の背中を、母が優しくさすってくれる。母の目にも涙が光っていた。

「親の想いはただひとつだよ、純玲」

どんな形であれ、純玲自身が幸せだと感じる生き方を選んでほしいと父は静かに言った。


純玲は久しぶりに実家の自分の部屋で目覚めた。昨日は両親と話した後、なかなか寝つけなかった。

下の階で物音がするので、両親はすでに起きているのだろう。

父の話では、百田側の要求は純玲を百田雄一郎の実子として迎え入れたいということとで、泰雅と結婚した今もそれは変わらないという。

雄一郎は政略結婚し息子がふたりいるが、まだ成人していない。今になって純玲の利用価値を認識し、離婚させてから実子として迎え入れた後、政略結婚させるつもりなのかもしれない。そのくらいのことは平気でやると両親は危惧していた。

秘書として仕える最高権力者、そして血のつながった〝父〟の冷徹な表情を思い浮かべる。客観的に見て、似ている要素が全然ないなと思う。

（突然秘書室に異動になったのは、私がそれにふさわしいか近くで見定めるためだったのかな。でも、向こうから直接言ってこないのはなぜ？）

布団の中でいろいろと思考を巡らせる。昨日はかなり混乱してしまったが、真実を知った今、落ち着いて捉えることができていた。泰雅が昨日純玲に言い訳をしなかったのは、真実は両親、すなわち当事者からその思いとともに聞くべきだと考えたからだろう。

実際、両親と話をして純玲も現実を冷静に受け止めることができた。やっぱり彼は大人だ。

でも、と昨日の彼の表情を思い出す。

純玲が泰雅を感情的に責めたとき、彼は取り乱す様子はないものの、表情は傷つき悲しんでいるように見えた。

『純玲、これだけは信じてほしい。子ども、俺は本当にうれしいと思ってる。落ち着いたらもう一度話をしよう』

別れ際にそう言った彼の顔は、言葉とは裏腹にもう二度と会えないと思っているんじゃないかと感じるくらい切なくゆがんでいた。あんなつらそうな顔、今まで見たことがなかった。

「泰雅さん……」

純玲は布団の中でそっとおなかに手をあてる。

(この子の幸せを最優先に考えたい。それが私の幸せだから。そのためには……)


久しぶりに実家で朝食を食べる。まだ多少胸がムカムカするが、母が気遣って出してくれたヨーグルトとキウイはおいしく食べることができた。

「今日会社はお休みさせてくださいって白石先生が言っていたわ。連絡は自分がしておくからって」

「ううん、今日は出勤する。……あのね、私——」

純玲は自分がこれからどうしたいかを両親に伝えた。

「そうか。純玲が思うようにしたらいい。どんな人生を歩んでも、僕らは君の味方だから」

　ふたりは純玲の考えを尊重するとうなずいてくれた。

　その後身重の純玲を心配した父が、家まで送ると申し出てくれたのだが、開店準備で忙しいはずなので駅までにしてもらい、通勤ラッシュを少し過ぎた時間帯の地下鉄でマンションに戻る。

　泰雅の姿はなかった。すでに出勤済みなのだろう。純玲は着替え、身支度を整えてから会社に向かった。

「白石さん？　体調が悪いから休むとご主人から連絡があったのですが、大丈夫なんですか？」

　秘書室に顔を出すと、神崎が驚いてやってきた。

「はい、もう大丈夫です。ご心配おかけしてすみません。……それで、あの、今日社長にお時間をつくっていただくことは可能でしょうか。個人的にお話ししたいことがあります」

　神崎は純玲の真剣な表情に目を瞬かせる。

「個人的なこと、ですか」

「はい……神崎さんは知ってらっしゃるんでしょう？　私の生まれのこと」

神崎は、学生の頃から社長の腹心として彼に仕えてきたと聞いている。この人が知らないはずがないのだ。

純玲の言葉に、神崎はなんとも複雑な顔をしてから静かに声を落とした。

「定時後でしたらなんとかしましょう。その前に僕と少し話しませんか？」

8　獅子と虎

定時後、純玲は社長室の執務デスクを挟む形で百田雄一郎に対峙していた。

「個人的な話にお時間をいただき、申し訳ありません」

「いや、かまわない。それで用件はなんだ?」

社長は椅子に深く腰掛け、こちらに視線をよこして言う。血のつながりを知った今でも、その威圧感に緊張させられる。しかし、委縮している場合ではない。

純玲は意を決して口を開く。

「昨日、両親から聞きました。社長が私の……父だと。真実でしょうか」

雄一郎はわずかに目を見開き、机上で手を組んだ。すぐに表情を戻すと落ち着いた声を出す。

「あぁ。真実だ。それで……君はどう思った?」

「正直に言うと、困惑しています。実の父は亡くなったと聞いて育ってきたので」

「そうだろうな。それで、聞いているのだろう?　百田家が君を娘として迎えたいと申し出ていること」

「私はもう結婚しています」

父娘の間にしばし沈黙が流れる。

「……考えてみる価値はあると思うのだが。今結婚していることは、百田に迎え入れるにあたってなんの障害にもならない」

雄一郎が再び口を開く。思わず従ってしまいそうな威厳のある声音だ。

「白石も君を利用しようとしていたのではないのか？　それなら結婚生活を続けることはない」

「社長、私は――」

後を続けようとしたとき、社長室の重厚な扉が勢いよく開いた。

「純玲っ！」

振り向くと、泰雅が社長室に飛び込んできたところだった。

「え……泰雅さん？　どうして」

驚く純玲をかばうようにして泰雅は社長との間に立った。

「お待ちいただくようお願いしたんですがねぇ」

やれやれとこぼしながら神崎も入ってくる。

「急に秘書室に乗り込んできたと思ったら、社長室にまで突撃されるとは思いませんでしたよ」

純玲からは見えないが泰雅は雄一郎を見すえているらしく、社長の顔があきらかに不機嫌そうなものに変わる。

「白石先生……慌ててどうされましたか。冷静沈着で頼れる顧問弁護士だと、社内でも信頼されている君らしくない」

「妻が、心配でしてね」

「泰雅さん」

泰雅は純玲をかばったまま言う。

「百田社長、あなたの真意は僕には正直わからない。ですが、彼女の意思にかかわらず、無理やり百田で利用するのだけはやめていただきたい」

「無理やりとは人聞きが悪い」

「あなたならやりかねない。それだけの力を持っていますから。言う通りにしないとオノデラ貿易や彼女の両親の喫茶店をつぶすなどと脅すことは、造作もないはずだ」

「喫茶店はさておき、小野寺の本家は彼女を疎んじていたと聞いている。恨むべき存在なのでは？」

「僕の妻は優しいんです」

畳みかけるような両者の会話に、口が挟めない。

「脅す……そんなことはしないさ。それをしたら真紀にしたことと同じことになる」

雄一郎の口調が少しだけ弱まり、純玲は泰雅の横に進み出て口を開いた。

「あの、私、先ほど神崎さんに事情を伺ったんです」

「……神崎、余計なことを」

雄一郎は苦々しい顔になる。

「きっと社長はご自分では話されないと思いまして、簡単にですが、事実はお伝えしておきました」

神崎は泰雅に向き直ると話し始めた。

「純玲さんのお母様の真紀さんと社長は短い期間だが、本当に愛し合っていた」

それを引き裂いたのは雄一郎の母だった。百田家のために雄一郎に政略結婚させようと考えていた母は、真紀の存在を知ると、息子に知らせないまま雄一郎の偽の代理人を立てて真紀に別れるように迫った。

多額の手切れ金も用意されたが、真紀は受け取らず姿を消したそうだ。

「社長は、自分の前から突如姿を消した真紀さんに捨てられたと思っていました。その後は仕事だけに打ち込み、お母上や周囲になにを言われても何年も結婚しなかった」

そんな中、雄一郎は母が『いつまでも結婚しないなんて、なんのためにあの女に姿を消させたのかわからない』と話しているのを偶然耳にする。母親を問いつめると、母が彼女にしたことがあきらかになった。

雄一郎は真紀が今どうしているのか調べた。もう五年以上経っているが、彼女は幸せに暮らしているのだろうか。叶うことなら直接謝りたかった。

しかし現実は残酷だった。数カ月前に真紀は病で亡くなっていたのだ。そして彼女が五歳になる女の子を産んでいたことも知る。間違いなく自分の子どもだと思った。すぐに養子として迎え入れたという真紀の親友夫妻の家に出向き、純玲を引き取りたいと申し出た。父親であることを客観的に証明するため、ＤＮＡ検査もするつもりだった。

しかし夫妻は真紀を捨てた自分を仇のように憎んでおり、純玲に会わせてももらえず、小野寺の家から追い出された。雄一郎にとっては当然の報いだし、時間をかけて説得していくしかないと覚悟していた。

小野寺家を後にした雄一郎は近くの公園のベンチに腰を下ろし、小さな噴水をぼんやり見ながら神崎の迎えを待っていた。すると視線の先に、女の子が鉄棒にぶら下がって遊んでいるのが見えた。

その顔を見て雄一郎の胸はドクンと鳴った。真紀とそっくりな顔をしていたのだ。

あの子は真紀の、そして自分の子どもだと確信した。

きっと自分と鉢合わせしないよう外で遊んでいるように言われたのだろう。少し離れたところに家政婦と思われる女性が立っていた。

愛した女性の面影を見つけようと必死にその子の姿を追っていると、こちらに気づいたのか、その子がじっとこちらの顔を見た後走ってくる。目の前に立つと、かわいらしいピンクのポシェットからシールを出し、一枚剥《は》がして差し出してきた。

『だいじょうぶ？　これあげる。シールお胸に貼ったら、元気になるってママが言ってたよ』

それはかわいらしいマーガレットの花のシールだった。

自分を心配そうに見る幼い女の子。震える手でそれを受け取る。

『あ……りがとう』

純玲は少しホッとしたような顔をした。すると「純玲ちゃん！」と焦った声を出しながら家政婦がこちらに駆け寄ろうとしていた。純玲は慌てて雄一郎から離れ、家政婦のもとに走っていった。

俺が泣きそうな顔をしているのがわかったんだろう。性格まで母親にそっくりだ。

彼女も人の痛みに敏感で、困った人にすぐに手を差し伸べられる女性だった。

でも、もう永遠に失われてしまった。自分のせいだ。

小さな純玲のうしろ姿を見ながら、雄一郎は自分が彼女の父親になる資格はないと痛感した。

お家騒動の渦中であったとはいえ、真紀が心変わりしたと思い込み、つまらないプライドを守るために彼女を追わなかったし探すことすらしなかった。

自分の浅慮のせいで、彼女は職を失い、ひとりで純玲を生み、苦労の末亡くなった。

純玲の養父母が仇のように思うのも無理はない。

そして今純玲を百田家に引き取ることは、その仇と一緒に住むことになる。自分の母親も純玲をどう扱うかわからない。

そんな殺伐とした百田家に引き取るより、養父母のように温かい両親に育てられた方が純玲にとって幸せだろう。そう雄一郎は判断したのである。

ＤＮＡ検査で血のつながった娘であることを証明しておき、神崎と信用できる弁護士にだけその事実を伝え、もし自分になにかあっても純玲が困らないだけの援助をするように手配をしていた。

（公園で遊んでいて男の人に話しかけて怒られた記憶って、やっぱり……）

ここまでの話は純玲も神崎に聞いたのと同じだ。改めて幼いときの記憶を思い起こす。細かいことは曖昧だが、あのときの〝お兄さん〟は社長だったのかもしれない。

「それなら……なんで今頃になって」

泰雅が絞り出すように言った。

「純玲さんの近況は定期的に調べさせていましたから把握していました。百田に入社したのも、佐久間肇と付き合っていたことも」

佐久間の身辺調査をした結果、表面上は好男子を装っているが女遊びも多く人間的に問題があり、純玲にふさわしくないと判断した。また小野寺瑠美が入社してきたことをきっかけに、小野寺本家が純玲にしてきた精神的仕打ちも知るところとなった。

「ならいっそのこと、小野寺ではなく百田の娘として真っ当な相手と結婚させればいいと考えたんです。今、社長に盾突くことのできる人間はいませんからね。お母上も一昨年亡くなっていますし」

「じゃあ、私が秘書室に異動になったのは……」

純玲の疑問に神崎は微笑を浮かべる。

「もちろんきっかけは目の届くところに置きたいということでしたが、だからといって無能な人間は秘書室には入れませんよ。あなたには相応の気遣いと能力があった。

社長付きにしたのは病気で少し弱気になった〝百田の獅子〟が元気になるかもしれないと期待したからです。テキメンでした」

「まったく、お前は、余計なことばかりする」

雄一郎はあきらめたように深いため息をつくが、神崎はかまわず続ける。

「で、小野寺夫妻の許可をもらったところであなたにすべて話すつもりだったのですが、驚きましたよ。ノーマークだったまさかの白石先生とあっという間に結婚してしまった」

「……そうだったんですね」

純玲が思わず声を漏らすと、泰雅が雄一郎に向かって声を発した。

「僕ごときでは、純玲の相手としてはご不満でしょうか？」

挑戦的な口調に、雄一郎がピクリと反応する。

「ご謙遜かな？　どんな不利な案件でも悪どく食らいつき、優勢に持ち込む〝弁護士会の白虎《びゃっこ》〟と呼ばれる先生が」

（弁護士会の白虎……）

純玲が初めて聞く泰雅のふたつ名に驚いていると、雄一郎は話し続ける。

「しかも、君が継ぐ『白石総合研究所』は国内でも有数の総合コンサルティング会社だ。大手メーカーや官公庁との結びつきが強い。お父上は弟さんの立ち上げたＩＴ企業と連携して、情報処理分野に力を入れていくつもりなのでは？　そこに企業法務に詳しい君が経営者として加われば盤石だ」

「なるほど、僕のこともいろいろ調べていらっしゃるんですね。さすが、経済界の最重要人物と呼ばれるお方。用意周到だ」

「いや、先生ほどこそこそ調べたわけではない。社内をいろいろ嗅ぎ回ってくれていたようだが、虎ではなくハイエナのように」

「ご存じでしたか。まあ、かわいい僕の妻のためですから、なんでもやりますよ」

「妻をずいぶんと自分のものだと主張するじゃないか。自信がないのか？」

ふたりとも終始口もとには薄い笑顔を浮かべているが、目がまったく笑っていない。

それぞれ虎と獅子を背負ってどす黒い空気を出しているように見え、つい純玲は後ずさりしたくなるが、必死に足を踏ん張る。

「意外に似たもの同士なんですかねぇ」と神崎は肩をすくめつぶやいている。

「そもそも、そのかわいい妻の方は夫に愛想をつかしているかもしれない」

雄一郎の言葉に、もともと張りつめていた泰雅の気配がさらにピリッとしたものになる。純玲が口を挟める雰囲気ではない。

「僕が御社の顧問弁護士になったのは、社内を探って少しでもあなたの弱みを握りたかったからです」

「ふん、それで……なにかおもしろいものは見つかったか？」

泰雅は黙って持っていたファイルを雄一郎に差し出す。それを見た雄一郎の眉がピクリと上がる。

「御社の重鎮、菊間《きくま》専務はヘルスケア事業部の担当役員でしたよね。とある海外医療機器メーカーから、不正に金を受け取ってこちらの情報を横流ししているという情報があるのは知っていますか？　しかもその橋渡しをしたのは、オノデラ貿易だ」

「えっ！」

純玲は驚いて声をあげた。百田はヘルスケア事業、とくにＭＲＩなどの大型診断装置において世界でもトップクラスのシェアを誇っている。その情報を専務が流していてその片棒をオノデラ貿易が担いでいたとしたら、役員不正どころの話ではない。

「さらに菊間専務はかなりの裏金を作っている。彼のことを放置していた責任は社長にあるのではないですか？　調べるのに苦労しましたが、このほかにもグレーな案件がいくつもありましたよ。それを黒いものとしてまとめて、大々的にマスコミに売り込むことも可能です」

「全部そのファイルに記載してあります」と泰雅は言う。パラパラと紙をめくっていた雄一郎はファイルを閉じ、神崎に渡す。神崎は中身を見て目を見開いている。きっと内容が重いものなのだろう。

「なぜ、我が社の不正をそこまでして暴こうとするのか？　弁護士の正義感からか？」

雄一郎の問いに、泰雅は口もとの笑みを冷たく深める。

「そんなわけないでしょう？　完全に私利私欲ですよ。さっきも言った通り、少しでもあなたの弱みを握って、あなたが純玲を無理やり利用しようとしたとき、対抗できるカードが欲しかったんです」

「脅すということか。君にそれができるとでも？」

「できないかもしれません。どれだけ弱みを握ろうと、あなたが本気になれば事実など簡単に消せる。歯向かった僕も社会的にどうなるかわかりません。それでも……無理やり純玲を自分の駒として利用しようとするなら、僕は全力で彼女を守るつもりです。僕は妻を、純玲を愛していますから」

「泰雅さん……！」

純玲は思わず隣の夫を見上げた。真っすぐ雄一郎を見すえる横顔に、ごまかしや嘘はまったく見えない。

（泰雅さんが、私を愛してくれている……。本当に？）

急に心臓がドクドクと不規則な音を立て始める。

「君こそ、彼女を利用するつもりかと思っていたが」

「あなたの娘であることが純玲を苦しめるのなら、そんな血筋邪魔でしかない。だから始めはなにも知らずに僕のそばで幸せに笑っていてくれればよかった。でも、彼女は言ったんです。父親が生きているなら会ってみたかったと。それで彼女には知る権利があると気づきました」

いつか公園の噴水の前で何気なく言った純玲の言葉を、泰雅は覚えていたのだ。

「真実は彼女のご両親が伝えるべきことだった。彼らが思いとともに話せば、純玲は冷静に受け止められると思ったんです」

「それなのに」と泰雅は振り返り、純玲を覗き込むようにする。

「あの男が余計なことを……すまない。俺がもっと警戒して早めに手を打っていればよかったんだ。結果的に君を傷つけてしまった。それと、三峰は俺に協力してくれていただけだ。すべて説明する。でも今はこれだけは言わせてくれ」

泰雅は純玲の左手を両手で握ると力を込める。

「君を愛してる。生まれも育ちも関係ない。俺は純玲が純玲でありさえすればいい。

だから、君と一生をともにできる権利を俺にくれないか」

泰雅の乞うような、それでいて真剣な眼差しに吸い込まれるように惹きつけられる。

「泰雅さん……私」

胸がいっぱいになってその先の言葉が出てこない。

「……最近の若い人は、熱烈なんですねぇ」

神崎がつぶやく声で純玲はハッと我に返った。見ると神崎は居心地の悪そうな顔をして、雄一郎は……ものすごく不機嫌そうな顔をしている。

「悪いが、その気持ちは君の独りよがりではないのか？　彼女の気持ちはどうなんだ」

泰雅がピクリと反応する。彼が言葉を発する前に純玲は握られていた手をゆっくりほどき、雄一郎に向き直る。

「社長。私があなたの娘という事実を告げることはいつでもできたし、それこそ脅して利用することもできたはずです。でも、それをしなかったのはきっと……優しさからですよね」

その絶大な権力を使い、いつでも純玲を手に入れることはできた。でもあえてそれをしなかったのは利用するためではなく、純玲の幸せを願ったから。

「母は遺言で『純玲には好きになった人と結婚させてあげて』と残したと聞いていま

す。それはきっと自分は好きになった人――社長と結婚することは叶わなかったから」

もしかしたら実母は、すべてわかった上で雄一郎の前から姿を消したのかもしれない。御曹司である彼の将来を守るために。そして、愛する人の子を授かったことはうれしかったに違いない。純玲はそう信じたいと思った。あの写真で寄り添うふたりの顔は本当に幸せそうだったから。

「母は社長を愛していたからこそ身を引いたのだと思います。だからきっとあなたを恨んではいない。わかるんです。私も本気で夫を、泰雅さんを愛しているから」

隣で泰雅が息をのむ気配がした。

「もちろん私も恨んでいません。私は小野寺の家で育ててもらったことに感謝しています。小野寺道隆と雪乃の娘として育ち、これからは白石泰雅の妻、白石純玲として人生を歩んできたい。そう思っています」

純玲は嘘偽りない自分の気持ちを伝えた。しばらく純玲の顔を見ていた雄一郎は
「そうか」と息をつく。

「それが君の幸せなら、それでいい」

そう言うと椅子から立ち上がり、頭を下げた。

「今さらだが、君のお母さんのことを守れなくてすまない。そして、父親なのに君を

育てることができなかった」

威厳の塊のような社長が頭を下げて謝るとは思っていなかったので、純玲はにわかに慌てる。

「し、社長、やめてください。あの……私、できればこのまま社長のおそばでお世話させていただければと思うのですが……実は、近々産休を取ることになりそうです」

つい勢いで口にした突然の報告に、雄一郎と神崎はあきらかに驚いた顔をする。

「僕と純玲の子どもです。血筋的にはお祖父《じい》ちゃんになりますね。社長」

純玲の肩を抱き、なぜか勝ち誇ったように泰雅が言う。しばらくして社長が我に返ると、表情をフッと緩めた。

「あぁ、そうか、そうなのか。……母親に似るといいな」


「ふぅ……なんかいろいろなことが一気に起こりすぎて疲れました」

泰雅と一緒に帰宅した純玲は、体をソファーに預けてため息をついた。

「体はつらくないか？　気持ち悪さは？」

「はい、大丈夫です」

まだ胸がつかえた感じは続いているが、昨日のように吐くほどではない。

昨日は泰雅の目の前で吐き気をもよおしトイレに駆け込んでしまったので、彼は妻が心配でしょうがないようだ。ペットボトルの水をグラスに注いで持ってきてくれた。

「そもそも、今日は休むようにお義母さんに伝えておいたのに、君が出社した上、社長室で社長とふたりで話しているって聞いて驚いたよ」

泰雅も純玲の隣に深く腰掛けた。

「すみません……お騒がせして」

泰雅は純玲が心配で昼過ぎに実家へ電話したが、出勤したと聞いて慌てた。無理やり仕事を片づけて百田に出向き秘書室を尋ねたところ、純玲の姿はなく、対応した神崎に『奥様は、社長室で社長とプライベートな話をしていますので、お待ちください』とにこやかに告げられた。

社長が純玲を無理やり百田に引き入れようと脅しているのではないかと焦った泰雅は、社長室に乗り込んだわけだ。

「今思えば神崎さん、わざとああ言ったのかもしれないな。俺の本音を見極めようとしていたのかもしれない」

「さすが社長の腹心。食えない人物だ」と泰雅は感心している。

あの後、社長室では今後の対応について話し合いが行われた。純玲はとにかく楽にしていろと広い本革ソファーに横になるように言われたが、彼らを前にそういうわけにはいかず座って話を聞いていた。

まずオノデラ貿易について。百田グループ傘下の『百田メディカル』に関わる医薬資材の受注を受けることを見返りに、叔父自ら百田ホールディングスの重役、菊間専務と通じ機密事項漏洩の片棒を担いでいたらしい。到底許されることではなく、菊間専務もオノデラ貿易の社長も刑事告発しそれぞれ相応の罰を受けてもらうが、百田のイメージにダメージがつかないようメディア関係への情報流出については〝うまくやる〟らしい。

もちろん叔父は社長ではいられないだろう。オノデラ貿易については百田ホールディングスで吸収し、役員以外の一般社員は百田の貿易系の部門で引き取ることを考えるそうだ。

父が社長だった時代から地道に働いてくれている人たちもいる。彼らが生活に困ることがないのならよかったと思う。

一方〝社長令嬢〟でなくなる瑠美はどうなるのだろうか。そもそも彼女が百田に入社できたのは、菊間専務のコネだったという。その専務と父親が裏切った百田に残ることなどできないだろう。

そして肇のこと。話し合いが終わり、社長室を辞した泰雅と純玲は肇と出くわした。寄り添うふたりに不満そうな肇に、泰雅は氷のように冷たい視線を投げた。

『人の父親のことを嗅ぎ回る暇があったら、自分の足もとをよく見ておくべきだったな。純玲を傷つけた代償はキッチリ払ってもらう』

どうやら、肇も叔父の不正に協力していたらしい。それ以外にも泰雅いわく〝セコイ余罪〟がいくつかあるらしい。純玲は知りたくもないが。そもそも小野寺家から勝手に書類を持ち出したことも窃盗だ。おそらく彼も百田を追われることになるだろう。

肇は冷酷に笑った泰雅の表情に怯え、逃げるようにその場を立ち去っていった。

（あのときの泰雅さんの顔、怖かったなぁ……）

思い出すと寒気がし、思わず自らの両腕を抱えるようにしていると、泰雅が心配そうに「寒いのか？」と言って傍らにあった薄手のブランケットを肩にかけてくれた。

雄一郎との親子関係は今後も公表しない。肇がこのことを盾に脅したり、情報を売ったりしたとしても百田側でなんとでもできるそうだ。強大な金の力とはそういうものらしい。

しかし純玲は、もし知られることになってもかまわないと思っている。どれだけ多くの悪意や妬みの目にさらされても、自分を思ってくれる人が必ずいることがわかったから。

「麗先生は、百田の社内調査に協力してくれていたんですね」

「そう。それと三峰の同棲相手は俺たちの同窓生でもあるんだ。幸運にも百田を担当している監査法人の会計士だから、不審な金の動きがないか調査してもらっていた」

とにかく極秘だったので、それぞれの事務所で会うことは控え、彼らが住むマンションで情報提供を受けていたらしい。肇は麗が同棲していると知っていながら、泰雅が浮気をしていると純玲に思い込ませようとしたのだ。

「極秘といえば三峰は同棲していることはおろか、交際していることを所長に言っていないらしい。だから、俺たちがスピード結婚したのがうらやましいんだと」

麗は父親から結婚相手は弁護士にしろと言われ続けてきたから、言い出しにくいらしい。あんなにしっかりと自分を持った女性も、家族の情が絡むと委縮することもあるのだと純玲は意外に思う。

「でも、近々ふたりで結婚の許しを得に所長のところに行くことにしたらしいぞ」

「それがいいですね。正直に思いを伝えればきっとわかってもらえますよ。親子なんですから」

「……そうだな」

泰雅の腕が伸びそっと肩を引き寄せられる。純玲は素直に身を任せた。

「もちろん、三峰たちには純玲の事情は言ってないから。軽々しく話す内容ではないからな。それなのに佐久間は……」

いまだに泰雅は肇に対しての怒りが収まらないらしい。

「みんな私を騙してたのかもって、ショックでした。でも今はそうは思っていません」

娘の幸せを願った母、母の思いを受け継いだ養父母、そして実の父も、すべて純玲のためを考えてくれていた。正解はわからないけれど、優しさは痛いほど伝わってくる。――そして、泰雅もそうだったのではないだろうか。

「……いや、純玲。俺は君を騙していた」

「泰雅さん?」

思いがけない告白に泰雅を見ると、彼は少し思いつめたような顔をしていた。

「俺は、君がご両親を大切にしている優しさに付け込んで契約結婚に持ち込んだ」

「契約結婚に持ち込んだって、泰雅さん、最初から……」

私を好きだったんですか?という言葉はおこがましいような気がして続けられない。

しかし泰雅はあっさりと答えをくれる。

「そうだな。君が大学生の頃から、ずっと好きだった」

「え……」

「再会した夜のことは、俺にとって千載一遇のチャンスだったんだ。やっと手に入れた君を百田に取られたくなくてこそこそ動き回ったし、君に俺のことを好きになってもらい、実の父親のことがわかっても、向こうに行かせないようにしたかった」

驚く純玲に泰雅は「なかなか君の気持ちは手に入らなかったけど」とつぶやく。

「いっそ、子どもができれば君は俺から離れられないのにと思っていた。だから、妊娠したと聞いて、俺に都合がよすぎるって逆に戸惑うくらいだったんだ。君の気持ちなんか考えもせずにね。最低だろう?」

純玲の肩を抱いていた泰雅の手のひらの力が、自信なさげに緩んだ。

「そう……だったんですか」

純玲が妊娠を告げたときに感じた彼の戸惑いの表情は、その複雑な気持ちが表れたものだったのだ。

彼が以前から自分のことを想って、そこまでしてくれていたなんて。だとしたら最初から両想いで、ずいぶん遠回りをしてここまできたことになる。

なんだかおかしさと喜びが混ざり合って、思わず純玲は「ふふ」と顔をほころばす。

「いえ、うれしいです。だって私も泰雅さんが初恋なんです」

「え……初恋？」

　甘えるように泰雅の胸に頬を寄せながら純玲が言うと、彼が「そうだったのか……」と驚きで固まる気配がした。

「今も泰雅さんのことが大好きだし、もう泰雅さんがいないとだめになっちゃってるんです。だって肇さんから話を聞いたとき、自分の出生より泰雅さんと麗さんが付き合っている方がショックだった」

　純玲の話を聞いていた泰雅は胸もとの妻の顔を覗き込み、おなかに大きな手のひらをそっと添える。

「純玲、俺は君とこの子を幸せにできるように全力で努力する。これからも俺とともに生きてほしい。愛してる」

　この人とずっと一緒にいられる。生きていける。その幸せに手を伸ばしていいんだと思うと、泣きたいくらいに喜びが心に満ちていく。

「はい、私も愛してます。ずっと泰雅さんの妻でいさせてください」

　純玲も万感の思いを込めて夫に返す。すると彼は端整な美貌を破顔させた。

「やっと、俺の顔を見て返事をくれたな」

「え？」

「社長室で愛を告白した俺も悪かったが、君は返事を社長にしていたじゃないか。できればこっちに向けてほしかった」

「う……そうだった、かも」

たしかにあのときは彼を好きなことを伝えたくて、夢中で社長に向けて言い放っていた。よく考えてみるとなかなか恥ずかしい。思い出して頬を染める純玲の顔を見て、さらに泰雅は笑う。

「まあいいか。これからは嫌というほど愛を伝えるし、何度でも応えてもらうから」

純玲の大好きな声で甘くささやきながら、泰雅は妻の額や頬に何度も慈しむようなキスを落とす。純玲は降ってくる唇をくすぐったく受け入れる。

「ん、はい……私も、ちゃんと伝えます」

「もう、絶対離さない。永年契約だからな」

独占欲が滲むセリフさえ心地よく聞こえるのは、気持ちが通じ合ったせいだろうか。

純玲が幸せに顔を綻ばせると、泰雅は唇を優しく重ねた。


「すーちゃん、綺麗よ……」

ホテルのブライズルームで純玲の花嫁姿を目にした母が涙ぐんでいた。

純玲が着ているウエディングドレスはおなかを圧迫しないようにデザインされ、チュールレースのスカートがふんわりとしたプリンセスラインのものだ。

あれから二カ月、十二月に入り妊娠五カ月となる純玲は今日、泰雅とホテルのチャペルで式を挙げる。やはり結婚式はした方がいいとの母と泰雅のたっての希望だった。もちろん純玲もうれしい。

当初あった悪阻は一カ月くらいでだいぶ治まったのだが、気持ち悪さで食欲が落ち少しやせてしまった。神崎と夫に『心配で仕事にならないから』と懇願され、早々に産休を取ることになった。そんなに早く産休を取れる制度はなかった気がするが、上司の神崎が大丈夫だと言うのでとりあえずお言葉に甘えさせてもらった。

ともあれ現在は体調が落ち着いており、食欲もありおなかの子の発育も順調だ。先日の検診で医師から、おなかの子は女の子の可能性が高いと言われた。付き添ってくれた泰雅は『君に似た女の子だったらいいな』と喜んでいたが、内心、容姿も頭脳も父親に似てくれればなにかと将来安泰だと思う。でも、健康に生まれてくれさえすればそれでいい。

「……幸せに、なりなさい」

母の横で、父も顔をくしゃりとゆがめて涙をこらえているようだ。

すでに嫁に出していても結婚式というのはひとつの区切りとして、胸に迫るものがあるのだろう。まして、ここに至るまでにいろいろあった親子関係だ。

「うん……ありがとうね。幸せになる。でも、これからもよろしくね。お祖父ちゃん、お祖母ちゃん」

純玲はおなかに手を添えてにっこり笑う。

「そうだ。そうだな……じいじになるんだな」

「私、孫には、ばあばとかお祖母ちゃんじゃなくて、雪乃さんって呼ばせようかしら」

「おいおい。それはずるいぞ」

両親はいまから孫の誕生が楽しみでしかたないらしく、里帰り出産できるように張りきってベビー用布団やら新生児用の肌着を買い集め始めているらしい。

(本当にありがとう……お父さん、お母さん)

両親への言い尽くせないほどの感謝の気持ちは、これから自分が家庭を築き幸せになることで少しずつ返していきたいと思っている。

親子で談笑していると、カチャリとドアが開き新郎が入ってきた。

「仕度終わったのか」

「はい」

「お義父さん、お義母さん、今日はありがとうございます」などと両親に挨拶しつつ、彼は視線を花嫁からはずせないでいる。それに気づいた両親は「おじゃまね」「また後でな」と笑って部屋を出ていった。

「あぁ……夢みたいに綺麗だ」

ふたりきりになると、泰雅は吸い寄せられるようにゆっくりと純玲に近づく。甘いセリフと視線に身の置きどころがなくなってしまう。

「完璧にかっこいい花婿さんに言われても……」

ついかわいくない言い方になっても許してほしい。それほど今日の夫は素敵すぎるのだ。

今日彼が身に着けているのは濃紺のフロックコート。長めの裾で縦ラインが強調され、クラシカルでエレガントなデザインは着る人を選びそうだが、長身で引きしまった体形の彼に似合いすぎている。試着のときからかっこいいとドキドキしていたのだが、本番でさらに破壊力が増していた。蝶ネクタイでなくてアスコットタイなのもいい。さながら英国貴族のようだ。

本当にかっこいいとうっとりとしていると「奥様のお気に召したならよかった」と泰雅は笑って、純玲を伴って部屋の中央にあるソファーに腰掛けた。

挙式に選んだ会場は泰雅と再会した日に利用したホテルのチャペルだ。高層階のワンフロアで仕度から挙式、会食までできるというのも利点だったし、自宅に近く交通の便がいい。なにより、ふたりの夫婦としての時間が始まった場所だからという思いが強かった。

派手なことはしたくないという純玲の意図を汲み、招待客はごく親しい人たちに絞ってある。

「体は大丈夫か？　少しでもつらくなったらすぐに言ってくれ」

言いながら彼はクッションを純玲の腰のうしろに入れて、座りやすくしてくれる。

夫は相変わらず優しい。妊娠がわかってからは優しさに過保護も加わった気がする。常に妻の体調に目を光らせているし、妊娠や子育てについていろいろ調べていて、検診にも毎回同行し積極的に医師に質問している。ヘタをすると本人より妊婦のことに詳しい気がする。

「はい。ありがとうございます」

「純玲、また敬語になってる」

とがめるように言われて、しまったと言い直す。

「あ……ごめんなさ……ごめん、ね？」

想いを伝え合ってから、泰雅に『敬語は距離を感じるからやめてくれ』と言われている。名前の呼び捨てだけは勘弁してもらっているが、やはり長年染みついた癖というのは抜けない。

「なんだかなれなれしすぎる気がして落ち着かない……の」

「すでに夫婦で、今日結婚式を挙げるのになに言ってるんだ」

泰雅は苦笑する。

「しかもここには俺の子どもがいる。これ以上なれなれしい関係はないだろう」

彼はウエディングドレスのおなかの上に手をのせる。生地が重なっているからおなかの膨らみはあまりわからないが、満足げに微笑んでいる。

彼は優しい。しかし純玲が遠慮したり距離を取ろうとしたりすると、逃げることなど許さないという静かな圧を出してくる。

〝君は自分のものだ〟と主張し、囲おうとしている。そう思うのはうぬぼれだろうか。

「ふふ、そうね。たしかに」

純玲はおなかに添えられている彼の大きな手のひらの上に、自分の手を重ねる。

囲いがあってもなくてもいい、どちらにしても夫のそばから離れる気はない。彼とともに一生生きていこうと決めたのだから。

純玲は念入りに塗られた口紅が取れないように注意しながら、夫の頬に軽く唇を触れさせ、少しだけ勇気を出した。

「泰雅さん、これからもよろしくね……大好き」

虚をつかれた顔をした後、泰雅はため息をつく。

「まったく。俺の花嫁は、かわいすぎて困る」

この直後、夫から濃いめの口づけを返されたため、結局口紅はもう一度塗り直す羽目になるのだった。


チャペルのドアが開き、目の前に真っ白な空間が広がる、純玲は父にエスコートされ、ゆっくりとバージンロードを進む。

高い天井に飾られたシャンデリアが、前面に開けた窓から差し込む自然光にキラキラと反射している。

白を基調としたチャペル内の左右の席で列席者が出迎える。母、泰雅の両親と弟夫婦、三峰所長、麗、麗の婚約者、後輩弁護士の的場もいる。泉をはじめとした純玲と泰雅の友人。そして、うしろの方の席にスーツ姿の男性が座っていた。

『もし挙げるなら、上司は参列してもいいのかな』

結婚式について以前神崎があぁ言ったのは、今日のことを見すえていたからかもしれない。社長に娘の花嫁姿を見せるために。

〝上司〟として神崎とともに座る社長とベール越しに目が合った気がして、純玲はゆっくり頭を下げた。この人がいたから、私は生まれてこられたのだという感謝を込めて。社長の表情ははっきり見えなかったが、祝福してくれていると信じている。

純玲はそのまま歩みを進めた。そのとき、ふと実母の顔が脳裏に浮かんだ。

（……ママ）

純玲は心の中で話しかけた。

（ママ、好きな人と結婚できたよ。赤ちゃんも生まれるの。私、幸せだよ……ありがとうね。私を産んでくれて）

記憶のままの優しい表情で、母が『よかったわね』と笑ってくれている気がした。

純玲もベールの中で微笑む。

視線の先では、祭壇の前で泰雅が穏やかな笑みをたたえながら純玲が来るのを待っている。純玲はしっかりした足取りでまた一歩踏み出した。最愛の人のもとへと。

9　小さくて幸せな重み

五月、ゴールデンウィーク最終日の昼下がり。

純玲はソファーでうたた寝をしていた。昼食を食べた後、なんとなくスマートフォンを見ていたら急に眠気に襲われたのだ。

夫は明日からの仕事の準備で書斎にいる。この連休中は夫もきっちり仕事を休み、そばにいてくれた。というか、彼が隣にいないと散歩すらさせてもらえなかったのだけれど。

出産予定日が六日後に迫り、もういつ生まれてもおかしくない状況だが、今のところその気配がない。

あまり出かけることはできなかったが、実家の両親や泉が遊びに来てくれた。

実は最近、泉に恋人ができた。なんと相手は泰雅の後輩弁護士の的場だ。純玲たちの結婚式で的場が泉にひと目惚れし、猛アプローチしたらしい。

泉に相談された泰雅は『まったくあいつは』とあきれつつ、的場は気が多く見えるけれど恋人には一途なタイプだからと太鼓判を押していた。その後、ふたりは友達関係を経て正式に付き合うことになったという。交際は順調で泉も幸せそうだ。素直で裏のない大型犬タイプの彼は、泉の好みにも合っていたのだと思う。

（でも、しばらくは泉の惚気話も聞けなくなるな）

うとうとしたまま、純玲は思考を漂わせる。明日から仕事の泰雅は日中家にいられなくなるため、実家で産気づくのを待つことになっている。明日の朝、泰雅が車で送ってくれる予定だ。

ふと、胸から下にふわりとした感覚がした。いつの間にかリビングに戻っていた泰雅がタオルケットをかけてくれたようだ。

すぐに髪の毛がゆっくりなでられる。驚いたが彼の指先の心地よさに目を開けずにいると、少し硬い彼の唇が額に押しあてられる感覚がした。

（……え？）

泰雅はソファーの横に座ってさらに頬に唇をあててきた。その唇が純玲の唇に触れようとした瞬間。

「泰雅さん？」

純玲が目を開けると、至近距離に端整な夫の顔があった。

「目を覚ましたのは初めてだな。おなかが大きくて眠りが浅くなっているのか」

少し驚いた顔で独り言のように言っているが……初めてということは、前からこの所業を？

「ちょっと待って……まさか、いつもこうしてたんじゃないわよね？」

もともと一度寝たらなかなか目が覚めない純玲だ。これまでも間抜けな寝顔を見られて、好き勝手されていたのではないかと不安になってくる。

「君の寝顔、かわいいんだ。ああもちろん、起きている方が綺麗な瞳が見られていいけど」

「ちょっと、ごまか……んっ」

小さな抗議は意に介さず、夫は遠慮なく頬に唇をあて、純玲の好きな声でささやく。

「明日から離れなきゃいけないんだ。そのぶんキスくらいさせてくれ」

（虎というより、よく馴れた猫みたい）

〝弁護士会の白虎〟というふたつ名の由来は、麗に結婚式で会ったときに教えてもらった。

『弁護士として超優秀なこともあるし、法廷で本気になったときの白石って、周りを圧倒する迫力がすごいのよ。その勇猛さからついた異名ってわけ』

なるほどと納得していたら、泰雅は苦笑した。

『いや、本当は所長がおもしろがって言い始めたのが広まっただけだ。白石泰雅、ホワイトタイガーだろ』と苦笑していた。

どちらにしても優秀な弁護士には違いない夫が、純玲にだけはこんなに気を許し、じゃれてくれるのはうれしい。結局純玲も笑って彼のキスを受け入れた。

妊娠後も相変わらずの優しさに、甘さを増量させて愛してくれる彼との生活は穏やかで幸せだ。自分も精いっぱい彼を支えていこう。

あとは新しい家族を迎えるのを楽しみに待つばかりだった。

◇◇◇

「僕はいつの間に御社の社員に転職したんでしょうか？」

ゴールデンウィークが終わり五日後、百田ホールディングスの顧問弁護士として社長と神崎に同行した泰雅は、都内にある買収先の企業への訪問を終え、彼らの車で社に戻るところだ。

腹の探り合いをしていた頃とは違い、最近は頻繁に社長直下の案件の対応依頼や、今日のように企業への同行を求められることがある。もちろん弁護士として企業法務の知識が必要とされているからだろうが、社長にこき使われている気がしてならない。

笑顔で言った嫌みに、運転席の神崎は苦笑している。

「もちろん、白石先生は我が社の頼れる顧問弁護士です。きちんと三峰所長に話は通してありますから」

そういう神崎も食えない人物だ。社長の腹心として長年仕えているが、純玲を百田に入社させたのは彼の差し金だろうと泰雅は思っている。

純玲が百田の入社試験を受けたのは、大学の教授に『受けるだけ受けてみたら』と熱心に勧められたかららしい。その教授に神崎がなんらかの働きかけをしたことは想像に難くない。今となったらどうでもいいことだが。

専属の運転手がいるものの、都内の移動は神崎に運転させることが多いという。高級車の広い後部座席に腰掛けつつ、泰雅は隣の百田雄一郎の様子をちらりとうかがう。

旧財閥である巨大な百田グループの権力を一手に掌握し、牽引する男。〝百田の獅子〟と呼ばれる孤高の存在。本来ならこうして同じ車の隣に座り、話しかけることなどできない人物だ。

(純玲に似ているところはまったくないんだよな。喜ぶべきか)

外見もそうだが、彼女の優しい性格や奥ゆかしくて恥ずかしがり屋のところなど皆無で、到底共通点は見つからない。

それに雄一郎はとても寡黙だ。必要以上のことはしゃべらない。今もこちらのぶしつけな視線に気づいているだろうに、そ知らぬ顔で目を閉じている。

「先日、奥様にお会いしました。ご存じかと思いますが」と泰雅は話しだす。

雄一郎は政略結婚した妻がいる。純玲の実母の死と純玲の存在を知った数年後に結婚していた。

雄一郎が自ら選んだのは、母親や周囲の勧める相手ではなく大手化学メーカー社長の令嬢だった。グループとして化学薬品事業を拡大する目的もあったが、なにより彼女が優しくでしゃばらない性格だったことが決め手になったらしい。

夫人との間には現在大学生と高校生の息子がふたりいる。純玲にとっては異母弟にあたる。

もちろん泰雅は事前にそのことは調べてあった。穏やかな女性らしいが、純玲を少しでも傷つけるような存在なら遠ざけなければいけないと思っていたからだ。だから夫人から純玲に会いたいと連絡がきたときは、かなり警戒した。

臨月に入っていた妻にあまり心労をかけたくなかったが、彼女は別にかまわないと快諾したので泰雅も同席して会うことになった。

夫人は純玲のことを最近夫から初めて聞かされたと話し、百田家と夫のしたことを涙ながらに謝罪した。そして……。

「とても優しいお方ですね。なにかあったらいつでも頼ってほしいと言ってくださいましたよ」

「味方は少しでも多い方がいいからな」

黙って聞いていた雄一郎が初めて口を開いた。きっと夫人の善良な性格をよく知った上で、あえて真実を話したのだろう。

「たしかにそうかもしれませんが、なにがあっても妻には僕がついていますから、ご心配には及びませんよ」

「ふん……それならいいんだがな」

今雄一郎は『そのお前が純玲を裏切ったらどうするんだ』と思っているに違いない。だからこうして、なにかと自分を近くにおいては様子を見ているのだ。

(娘が気になって仕方ないのはわかるが、ふたり目の義父はまったく回りくどくて面倒だな)

泰雅が心の中でため息をついていると、ミラー越しに冷戦を見守っていた神崎がやれやれという顔をしている。

夫人の言葉に純玲は素直にうなずき、笑顔でいつか異母弟にも会ってみたいと話していた。

しかも夫人が帰った後『社長があんなに優しい女性と結婚してくれていてよかった』と心底安心したように笑ったのだ。

（君こそ優しくて素敵な女性だよ……純玲）

彼女のことを思い出すとすぐ実物に会いたくなる。妻のいない自宅は寂しい。朝かわいい寝顔を見たり触ったりできないのもつらい。それに、本当にいつ子どもが生まれてもおかしくないのだ。

すぐに駆けつけたいから、ここ数日は相手のある仕事は極力入れていない。必然的に自分についている的場の業務量が増えた。ヒーヒー言っていたが仕方ない。独り立ちするのにいい機会だからがんばってもらおうと都合よく考えていたところ、この仕事がねじ込まれたわけだが。

泰雅の胸もとでスマートフォンが振動した。

「失礼」と泰雅はスーツの内ポケットからスマートフォンを取り出す。表示された名前を見た途端、社長の許可を得るのも忘れ通話ボタンをタップする。

「純玲？　どうした？」

『泰雅さん？　お仕事中ごめんね。陣痛が始まったっぽいから、今からお母さんと病院に行くね』

（いよいよか……！）

スマートフォンを握る手に思わず力が入る。

「そうか。俺もすぐ病院に向かうよ」

泰雅はあえて落ち着いた声を出した。

『うん。でも急がなくていいからね、慌てて事故起こしたら大変だから』

純玲の声にはまだ余裕がある。まだ陣痛はつらくないのだろう。しかしこんなときでもこちらのことを気にかけるのは彼女らしい。

「わかった。君こそ気をつけて」

通話を終了させると、雄一郎と神崎の視線が思いきりこちらに向いていた。

「陣痛が始まったそうです」

そう告げながら、泰雅は逸る気持ちで一度自宅に戻って車で行くのがいいのか、ここで降ろしてもらいタクシーか地下鉄に乗る方が早いかと考え始めた。すると社長が低い声で言う。

「病院は、どこだ。実家の近くなのか」

「はい。実家からは歩ける距離です。さすがに義父に車で送ってもらうと思いますが」

泰雅は自分も検診や両親学校で何度も訪れている病院名を告げる。

「神崎」

「承知しました」

社長のひと言で神崎は次の交差点でハンドルを切り、向かっていた丸の内とは別の方向に進路を変える。

「社長?」

「このまま病院まで送る」

「ですが……」

分刻みで予定が入っているはずの社長を、拘束するわけにはいかないのではないか。

そう思って神崎を見ると、彼はバックミラー越しに優しげな目をさらに細めた。

「この後の社長のご予定はこの優秀な第一秘書が調整しますから大丈夫ですよ」

「君が慌てて行って、事故でも起こされたらかなわんからな」

おりしも先ほど妻に言われたのと同じことを雄一郎に付け加えられ、泰雅は苦笑して応える。

「すみません、ではお言葉に甘えさせていただきます」

神崎はスピーディーかつ安全運転で迷うことなく病院まで車を走らせた。到着し、病院前で一時停止する。

「お忙しいところ、ありがとうございました。助かりました」

丁重に礼を言って降りようとしたとした泰雅に「白石先生」と声がかけられた。振り向くと、雄一郎がこちらを見ていた。

「純玲と、子どもを頼む」

「社長……」

（この人は今も悔やんでいるんだろう。かつて、愛した人とその子どもを守れなかったことを）

改めて見ると、雄一郎の瞳は深い黒色をしていた。初めて純玲と会ったときから神秘的だと思っているあの瞳の色と同じ。

「安心してください。命に代えても守ります」

なんの牽制も駆け引きもない本心で泰雅は応え、車を降りた。

初産は出産までに時間がかかると聞いていた通り、純玲の出産も遅々として進まなかった。なかなか陣痛の間隔が狭まらない。しかし痛みの波は大きくなっているらしく、ひと晩中純玲は痛みに耐えることになった。陣痛が落ち着いているときはフッと寝てしまうが、痛みがくると苦しみ始めるということを何度も繰り返した。

「泰雅さんもお母さんも疲れてるでしょ？　まだかかりそうだから、少し寝たら？」

そんな状況でも純玲は義母や自分を気遣った。義母には家族用に用意された病室で休んでもらい、泰雅は彼女のそばにい続けた。そうはいっても腰をマッサージしたり、水を飲ませることくらいしかできなかったが。

朝方、いよいよ分娩室に入る。泰雅も立ち会った。陣痛で体力はもう残っていないはずなのに、さらに産みの苦しみに臨む妻が心配すぎて泰雅は無力感にさいなまれた。

（命に代えても守るなんて言ったのに、こんなに苦しんでいる彼女になにもしてやれないなんて）

それでも泰雅はいきむ純玲の額の汗を拭き、手を握り、励ましながら、ただ母子の無事を祈った。

「おめでとうございます！　産まれましたよ！」

医師の声が分娩室に響く。かわいらしい産声とともに産まれてきたのは女の子だった。すぐに母子ともに産後の処置がされた。ともに健康に問題がないことに心の底から安堵する。

「やっと、会えたね……」

胸もとにのせられた娘をそっとなでながら純玲は優しく話しかけている。その目は潤んでいた。

「純玲、おつかれさま。がんばってくれてありがとう」

「うん。泰雅さんも一緒にいてくれてありがとう……心強かった」

しばらく純玲と娘がスキンシップを取っているのを見守っていたが、看護師が小さな体をそっと抱き上げてこちらに渡す。

「パパも抱っこしましょうか」

「……はい」

恐る恐る受け取り、腕に抱いた娘はびっくりするくらいの軽さと小ささだ。その重みに愛おしさがあふれる。

「……かわいいな。純玲にそっくりだ」

「私より泰雅さんに似てない？　目もとの辺り整ってるもの」

「いや、鼻は君に似てる。あと額の形、ほら、ここなんて君とそっくりだ」

産まれたばかりでしわくちゃの娘の顔の中に、お互い相手に似ているところを無理やり探そうとして、看護師に笑われた。

　スヤスヤと眠る娘の顔を覗き込みながら、泰雅はふと、この子の瞳はどんな色だろうと思った。

　妻に似た黒かもしれないし、自分に似ているかもしれない。はたまたどちらにも似ていないかもしれない。楽しみではあるが、些細なことだ。この子はこの子自身の人生を幸せに歩んでくれさえすればいい。

　その一歩が今始まったのだ。やはり命をかけて愛する家族を守っていこうと小さな重みに心を新たにする。

　妻に視線をやると彼女の瞼は重くなっていた。

「純玲、疲れたな」

「ん……さすがに、眠い……」

　長い出産を終えたばかりで相当に疲れているのだろう。

　泰雅は娘を看護師に渡し、新生児用のベッドに寝かせてもらう。

「ありがとう。今はゆっくり休んで」

　泰雅は母になった最愛の妻の髪をそっとなで、看護師の目を盗んで額に触れるだけのキスをした。

エピローグ

「おむつに着替えにおもちゃ……これでいいかな。あ、着替えはもう一組あった方が安心かも」

純玲はリビングで、マザーズバッグに詰めた荷物をあれこれと確認していた。

「純玲、むこうにも十分すぎるぐらい準備はあるし、万一足りなくても親父が喜んで買いに走るから大丈夫だ」

娘に離乳食をあげ終えた泰雅が、彼女を抱っこしながらこちらにやって来る。

「しっかり完食したぞ」

「まんま、んー」

こちらに手を伸ばして抱っこをせがむ娘を夫から受け取る。

「なっちゃん、いっぱい食べれたの？　えらいねぇ」

やわらかいほっぺたに頰ずりすると、娘はうれしそうに足をパタパタさせる。

「菜月《なつき》は俺が着替えさせるから、君はそろそろ仕度をしたらいい」

「ごめんね、いろいろ時間がかかりそうだからそうさせてもらっていい？」

泰雅に菜月をもう一度渡しながらお願いする。

「わかった。よーし菜月、パパと一緒に着替えよう」

「ぱっぱ、ぱっぱ！」

おなかがいっぱいで上機嫌なのか、抱っこされた菜月は父の肩を小さな手でぺしぺしと叩いて喜んでいる。

娘の菜月が産まれて早一年二カ月。本当にあっという間だった。

赤ちゃんを迎え、純玲の生活は一変した。わかっていたつもりだったが、実際始まってみると想像していたよりはるかにハードだった。昼夜問わずの授乳やお世話で慢性的に睡眠不足。もちろん寝起きが悪いなどと言っている場合ではなかった。とくに生後半年くらいまでは慣れない育児に右往左往した。

これを実母はひとりでやっていたのかと思うと頭が下がるし、感謝の気持ちでいっぱいになった。

自分は恵まれすぎるくらい恵まれている。泰雅は家にいるときは〝手伝う〟というスタンスではなく〝一緒に〟子育てをしてくれていて、おむつ替えも離乳食を食べさせるのも入浴も、当然のように行ってくれる。しかもとても手際がいい。

相変わらず弁護士として忙しく働く彼に申し訳ないと思うのだが『できるときにで

きることをするのは当然だろう。父親なんだから』と言う。

その気持ちだけで救われるし、いつも冷静な泰雅は純玲にとって精神的な支えになってくれている。

彼が出張のときなどは両親がサポートしてくれるし、白石の義父母もいつも気にかけてくれている。本当にありがたい。

なにより娘の成長が純玲の日々の原動力だ。最近は歩けるようになって目の離せない大変さはあるけれど、おぼつかない足取りで一生懸命歩く姿は最高にかわいい。

「さてと、着替えちゃわなきゃ」

純玲は寝室のクローゼットから新品のドレスを取り出す。フレンチスリーブでほどよく体に沿うデザイン。やわらかな薄いパープルの生地に重なるように同系色の光沢のある刺繍入りレースが重なるそれは、今日のためにと泰雅がプレゼントしてくれたものだ。

今日は純玲の親友、泉の結婚式だ。新郎は泰雅の後輩弁護士の的場。純玲の結婚式で出会ったふたりは順調に交際を続け、今日めでたく式を挙げる。

夫婦で出席するため、菜月はこの後白石の実家に預けることになっている。ぜひ預かりたいと義父母が言ってくれたのでありがたくお願いすることにした。

普段から行き来しているし、あまり人見知りをしない菜月は義父母にも懐いているので大丈夫だろう。

ドレスを身に着け、髪をハーフアップにして念入りにメイクする。

「最後の仕上げはこれね」

純玲がドレッサーの引き出しから小箱を取り出していると寝室のドアが開き、泰雅が入ってきた。

「菜月、着替えさせたらスイッチが切れたように寝た。おなかいっぱいになったからだな――」

泰雅は仕度を終えた妻の姿に気づくと、秀麗な顔を綻ばせた。

「よく似合ってる」

「そ、そうかな。ドレスは素敵だけど、こんなにおめかしするの久しぶりで緊張しちゃう」

なにせ毎日動きやすさと汚れの目立ちにくさ、洗濯のしやすさを優先した服装ばかりなのでなんだか落ち着かない。

「純玲は普段からかわいいが、こうして着飾ると途端に綺麗になるな」

「……ありがとう」

（こういうことをちょいちょい真顔で言うんだよね。うちの旦那様は）

現実はともかく、泰雅は本心で言っているのがわかるぶんかえって恥ずかしい。

式用に仕立てたスリーピースのブラックスーツで参列する泰雅だが、今はジャケットは羽織らず上質なシャツの上にベストだけを着用している。上品な上、大人の男性の色気まである。

（スーツ姿は見慣れているはずなのに、やっぱり素敵だな）

夫のかっこよさにあてられそうになり、気を逸らそうと純玲は話題を変える。

「泉、きっと綺麗だろうなぁ。楽しみ。昨日電話で話したけど体調もいいみたい」

「そうか、よかったな。しかし今から的場のにやけきった顔が目に浮かぶ」

実は今、泉のおなかには新しい命が宿っている。四カ月後には生まれる予定だ。どうやら男の子の可能性が高いらしい。

「泉の子が産まれる頃、菜月は一歳半ね。一緒に遊べるかしら」

楽しみだと純玲が言うと泰雅の顔が険しくなる。

「的場のヤツ、浮かれて『将来うちの子と菜月ちゃんを結婚させましょうよ』なんて言ってきたんだ。冗談じゃない。あいつの息子に純玲に似た顔の菜月をやるなんて。そもそも菜月はそう簡単に嫁には出さない」

「もう、泰雅さんったら。それこそ的場さんの冗談なのに」

純玲は苦笑する。いつも大人な泰雅も、愛娘のことになると冷静になれないらしい。

たしかに菜月の顔立ちは純玲に似ている。でも〝どちらかというと〟程度で、そっくりというわけではない。なのに泰雅はいつも『菜月はママに似てかわいいな。寝顔なんてそっくりだ』と言うのだ。

（菜月の寝顔は間違いなくかわいいけど、間違っても私はあんな天使な顔で寝てないと思う）

そんなことを考えていると泰雅の視線が純玲の手もとに移っていた。小箱に気づいたようだ。

「それ、つけていくのか？」

そう問われて純玲は微笑む。

「泰雅さん、それを見越してこのドレス贈ってくれたのかなって」

ドレスを受け取ったときから、泰雅はそのつもりで選んでくれたのではないだろうかと思っていた。色もデザインも合っていると感じていたから。

「ああ。きっと今日のような大事な日にはつけるだろうなと思っていたから」

やわらかい表情で肯定すると、泰雅は小箱を手に取り蓋を開ける。

中には銀色に光るブレスレットが入っていた。二年前にふたりが再会した夜、泰雅にもらった純玲の宝物だ。

「左手、出して」

泰雅は箱からブレスレットを取り出す。

言われた通り差し出すと、彼は純玲の手首に華奢だけれど存在感のあるチェーンを飾ってくれた。

ひやりとした感覚に、再会した夜もこうして彼がつけてくれたことを思い出す。

（なつかしいな、でもつい最近のことみたいな気もする）

初恋だった彼との関係が動き始めたのは間違いなくあのとき。契約結婚して、妊娠して、自分の出生の秘密を知って。一瞬泰雅を疑ったこともあった。

いろいろあったけれど、彼のおかげで自分はたくさんの人に愛されていたことを知ることができた。

そして今、誰よりも自分を愛してくれているのが彼であることも知っている。自分が彼を愛していることも。

（このブレスレットは私にとって幸せの象徴なのかもしれない）

「あの日を思い出すな」

泰雅が言葉を落とす。彼も二年前に思いを馳せたのだろう。

「泰雅さん、私このブレスレット一生大切にするね。大切な思い出と一緒に」

純玲が笑顔で夫を見上げると、左手をそっと引き寄せられる。

「純玲、ありがとう。俺と結婚してくれて、菜月を産んでくれて」

「私の方こそ結婚してくれて、守ってくれて、菜月を授けてくれてありがとう。私、今すごく幸せ」

泰雅は純玲の顔のラインを指の甲で愛しげになぞってから、顎に手を添え覆いかぶさるように顔を近づけていく。

「純玲、愛してる。今も、これからもずっと」

鼻先で純玲の大好きな声が甘くささやく。

「泰雅さん、私も……」

純玲はそっと目を閉じた。

しかし、ふたりの唇が重なり合おうとした瞬間――。

「うぐっ……んぁ～、まんまぁ～！」

ドアの向こうから娘のむずかる声が聞こえてきて、ふたりの動きがピタリと止まる。

「……姫が起きたな」

「ふふ、そうね」

顔を見合せたまま噴き出すように笑い合う。夫婦は触れるだけのキスをしてから、娘の待つ部屋へと向かうのだった。

ＥＮＤ

特別書き下ろし番外編

桜の下で

舞い落ちる桜の花びらを追いかけて娘が駆けていく。

「パパ、ママ見て！　あっちにおっきな木があるよ！」

「菜月、ちゃんと前を見ていないとまた転ぶわよ！」

純玲が娘のうしろ姿に慌てて声をかけるが「だいじょうぶ！」と応えるだけで娘は止まる気配がない。

「もう、おとといも幼稚園で走って転んで大泣きしたのに」

やれやれと苦笑する妻とともに、泰雅は娘を追うように歩いていく。

四月上旬のよく晴れた昼下がり。休日の泰雅は妻と娘を連れ出かけていた。

ここは純玲の実母が眠る都内の霊園だ。園内には多くの桜の木が植えられており、見事な花を咲かせる。開花の時期に墓参りをするのがここ数年の白石家の恒例になっている。

今年はとくにいいタイミングで来ることができたようだ。桜が雲のように咲き誇り、時折ピンク色の花びらをヒラヒラと落とす様子は子どもでなくても心が高揚する。

墓前で三人並んで手を合わせる。菜月も両親の見よう見まねで手を合わせて目をつむり、純玲は長い時間をかけて義母になにやら話しかけていた。

墓参りを終えた後、花見をしようと純玲と近くのベンチに座る。菜月はベンチから少し離れた大きな桜の木の下で、落ちてくる花びらを掴もうと追いかけている。

「あんなに走り回ったら疲れて帰りの車で寝ちゃいそうね」

「そうだな」

泰雅は純玲の言葉に笑ってうなずく。

来月五歳になる菜月は素直で物怖じしない性格だ。幼稚園でも元気いっぱいに過ごしている。

三年前、娘のためを考え白石家は文京区にマンションを購入して引っ越した。環境とセキュリティーを重視して選んだファミリー向けの低層高級物件だ。もともと住んでいた高層マンションは通勤には便利だが子育てには向いておらず、現在は賃貸に出している。

純玲の両親は、娘夫婦が近くに引っ越してきたことをとても喜んでくれた。

現在リバティ・スノーでは孫を溺愛する義父によって、子ども向けの飲み物メニューが着実に増えつつある。

純玲のもうひとつの〝実家〟である百田家との関係も良好だ。出産を機に百田を辞めた彼女だが、菜月が生後三か月になった頃、純玲は百田社長の妻の計らいで異母弟ふたりと対面した。彼らは突然姉と姪ができたことに驚きながらも、好意的に受け入れてくれた。

それからというもの、菜月はもちろん純玲の誕生日になると百田家の面々からプレゼントが大量に送られてくるようになり、対外的には〝元秘書とその家族〟という体裁で百田家に招待されたこともあった。

（純玲が百田社長との親子関係を世間にあきらかにする気も、百田を利用するつもりはないと彼らに意思表示しているからか。いや、ただ単に彼女が気に入られたんだろうな）

結局『味方は多い方がいい』と百田社長が話していた通りになった。

神崎は相変わらず社長秘書として仕えているが、純玲に『いつでも戻ってきていいんだよ。むしろ寂しいから戻ってきて』といまだになにかと連絡をしてくるようだ。しかし彼には悪いが純玲が復職することはないだろう。

泰雅は今、父の後を継ぐための準備に追われている。半年後に会社に入り、数年父のもとで学んだ後、正式に後継者となる予定だ。純玲も妻として忙しくなる。

純玲は『社長の奥さんなんて私に務まるかしら』と不安を口にするが、もともと思慮深く気遣いもある彼女は経営者の妻としてなんの問題もない。

泰雅の両親との関係もよく、とくに母は実の娘のように純玲をかわいがっている。

家業を継ぐにあたって、泰雅は近々三峰・モルトレー法律事務所を退職する予定だ。三峰所長や麗から『稼ぎ頭《がしら》がいなくなるのはつらい』と引き留められたが、いずれ辞めることは入所時から伝えていたので、最終的には快く送り出すと言ってくれた。

百田ホールディングスの顧問弁護士は、的場を含めた数人の優秀な弁護士に引き継ぐことになっている。『そもそもあの規模の企業をひとりで担当するなんて〝弁護士会の白虎〟以外不可能だったから』という所長の判断だ。

事務所を辞めると伝えると、神崎から『だめもとでのお願いですが、百田に入って経営に関わりませんか？』と打診された。提示された条件は驚くほどいいものだったが、当然丁重に断った。

最近百田に入社し、経営を学び始めた社長の長男は父親に似てなかなかの切れ者で将来有望だ。今は社長の健康も問題ないようだし、これからも百田は安泰だろう。

「泰雅さん、お茶飲む？　温かいの入れてきたの」

純玲はトートバッグから持参した水筒とプラスチックのコップを取り出す。

「ありがとう。もらうよ」

ふと見ると、桜の花びらが一枚純玲の黒髪にのっている。泰雅が手を伸ばしてそっと払うと、純玲は「どうしたの」と首をかしげる。

「君の髪に花びらがついてたから」

「そうだったの。いつの間に」

少し恥ずかしそうに髪の毛を押さえる妻は、初めて会った頃の彼女を思い起こさせるかわいらしさだ。夫婦になって子どもが生まれても、泰雅は常に純玲に心奪われ続けている。彼女を愛しいと思う気持ちは一生変わらないだろう。

(やっぱり菜月は純玲に似ているな)

黒髪に黒い瞳、顔立ちも娘は母親に似ている。かわいらしい寝顔などそっくりだ。そう言うといつも純玲は複雑な顔をして否定するが。

(天真爛漫なところは誰に似たんだろうな)

純玲に注いでもらったお茶を飲みながら、遊ぶ娘に視線をやる。いつの間にか桜を追いかけるのをやめて地面に落ちた綺麗な花びらを集め始めた。集めた花びらを頭の上でパッと広げて、セルフフラワーシャワーのようにして楽しんでいる。その無邪気な動きが微笑ましい。

（純玲のお母さんが亡くなったのは、彼女が五歳のときだったな。あの子と同じ年頃の娘を置いて逝かなければならないなんて、本当に心残りだったろう）

自分も親になった今、幼い純玲を育てながら病に倒れた純玲の母の心境を想像すると胸が痛む。

「あの、泰雅さん」

つい思考にふけっていた泰雅に、純玲が遠慮がちに話しかけてきた。

「どうした？」

「えっとね」となぜかもじもじしている妻を、やはりかわいいなと思いながら言葉を待つ。

「……実は昨日、病院に行ったの」

「病院？」

不穏な内容に泰雅は持っていたコップを横に置いて純玲に向き直る。

「純玲、まさかどこか悪いのか？」

嫌な予感が頭をよぎり、切羽詰まった声が出る。

「病院っていってもそうじゃなくて」

「そうじゃなくてって、どういうことだ」

「妊娠二カ月だって」

焦る泰雅に純玲は小さく、でもはっきりと告げた。

その言葉に泰雅は思いきり目を見開く。

「妊娠……」

理解した途端に安堵と喜びが胸に広がる。気づくと泰雅は妻を抱きしめていた。

「そうか……ありがとう。うれしい」

(俺はいつもこういうとき情けないな。菜月を授かったと聞いたときも冷静じゃいられなくて純玲を誤解させてしまったし)

今回は喜びがストレートに伝わったようだ。泰雅の腕の中で純玲は「うん、私もうれしい」とうなずいている。

「体調はどうだ、吐き気はないか?」

菜月を妊娠したときは悪阻があり、ただでさえ華奢な純玲が痩せてしまったものだから相当気をもんだ。そもそも今日連れ出してよかったのだろうかと心配になる。

「今のところ大丈夫。母の墓前で報告できたし、今日ここに来られてよかったわ」

「そうか、でも絶対無理はしないでくれ」

泰雅は腕に力をこめた。

「わぁ～、パパとママラブラブなの？」

気づくと菜月がニコニコしながら両親の前に立っていた。ほとんど人目はないものの、外で抱き合っている状況になっていた。泰雅は純玲の体をそっと離す。

「あ、あら、パパとお茶飲んでいただけよ」

純玲は赤い顔でごまかそうとするが、泰雅は当然だろうと開き直る。

「ラブラブだよ。いいだろ。パパはママが大好きなんだから」

「もちろん菜月のことも大好きだよ」と言いながら泰雅は娘を抱き上げて膝に座らせ、髪や服についたたくさんの花びらを払ってやる。

「菜月、今度お姉ちゃんになるぞ」

「おねえちゃん？」

泰雅の言葉に膝の上の娘がきょとんとした表情で見上げてくる。

「そう。弟か妹ができるんだ」

「おとうと？　りっくん？」

「陸《りく》くんはお友達でしょ。そうじゃなくて、うちに赤ちゃんが来るってことなの」

純玲が笑って応える。的場家の長男は現在三歳。母親同士の仲がよく、頻繁にお互いの家を訪れているため菜月もよく彼と遊んでいる。陸も菜月に懐いており、母親たちに『りっくんは菜月の弟みたいね』と言われている。それで結びついたのだろう。

「ママのおなかの中に赤ちゃんがいるんだ」

「おなかの中？　なつき、知ってる。ゆうなちゃんのママも赤ちゃんがいておなかおっきかった」

「そうだったわね。ゆうなちゃんのママ、赤ちゃんがもうすぐ生まれるって言ってたもんね」

最初はピンときていなかった菜月も、幼稚園の友達のことを思い出して納得したようだ。

菜月は泰雅の膝から降りて純玲との間に座る。興味津々の顔つきで母のおなかを見つめ、そっと触れた。

「ここに赤ちゃんいるの？」

「そう。まだ小さいけどこれから大きくなるのよ。大きくなったら菜月に会いに出てくるの。楽しみね」

純玲はおなかに添えられた小さな手の上に自らの手のひらを重ね、微笑む。

「菜月、だからこれからママが元気な赤ちゃんを産めるように、いっぱいお手伝いをしよう。パパと一緒にがんばろうな」

泰雅の言葉に菜月はパッと顔を輝かせる。

「うん、がんばる！　お手伝いする！　ニンジンもちゃんと食べる！」

「ふたりともありがとう。ママもがんばるね。ふふ、たしかに菜月はニンジン食べられるようになろうね」

明るく笑う純玲の目は少し潤んでいるように見えた。

（お義母さん、あなたの遺した大切な宝物は俺が一生かけて守りますから安心して見ていてください）

泰雅は、愛する家族がいつまでも笑顔でいられるよう全力で努力すると、改めて心に誓う。

「夕方になると冷える。そろそろ帰ろうか」

泰雅は妻の手を取ると立ち上がらせる。すると菜月も小さな手を差し出して、同じように母の手を握った。

三人で手をつないで桜の下をゆっくり歩くと、誰かの思いのような温かい風が花びらをのせて優しく吹いた。

END

あとがき

森野りもです。このたびは本作を手に取っていただきありがとうございます。

初めて弁護士ヒーローに挑戦してみましたが、いかがでしたでしょうか。

顔よし頭よしの大手法律事務所のパートナー弁護士、さらに大会社の御曹司というハイスペ設定モリモリの泰雅。純玲を激愛しなにかと暗躍していましたが、私のプロットの段階ではこれより二段階くらい変態……じゃなくて執着度の高いヒーローでした。

どこがどうだったかは言えませんが、彼に多少の良識を持たせることで無事世に出すことができました。いつも行きすぎに気づかせてくれる編集担当者様には頭が上がりません。

私のお気に入りは百田パパと泰雅がどす黒い空気をまとって対峙するシーンです。

獅子と虎、楽しく書けました。泰雅は虎《タイガー》由来の名前ですが、百田も〝百獣の王〟から連想してつけた名字だったりします。

考えてみると純玲はお父さんが元社長、実のお父さんが現社長、旦那様が次期社長と社長に囲まれてますね。

泰雅やたくさんの人の愛に包まれ、彼女はこれからも幸せな人生を歩んでいくことでしょう。

美麗な表紙を描いてくださったのは南国ばなな先生です。ラフを拝見した瞬間、泰雅のかっこよさはもちろん、純玲のかわいすぎる表情に全私が「この子は私が守る」と打ち震えました。南国ばなな先生。本当にありがとうございました！

最後に、編集担当者様を始めこの作品の出版に携わっていただいたすべての方に心よりお礼申し上げます。

そしてこの作品を読んでいただいた方になによりの感謝を。少しでも楽しんでもらえていたらうれしいです！

またお会いできることを願って。

森野《もりの》りも

森野りも先生への
ファンレターのあて先

〒104-0031
東京都中央区京橋1-3-1
八重洲口大栄ビル7F
スターツ出版株式会社　書籍編集部　気付

森野りも先生

本書へのご意見をお聞かせください

お買い上げいただき、ありがとうございます。
今後の編集の参考にさせていただきますので、
アンケートにお答えいただければ幸いです。

下記URLまたはQRコードから
アンケートページへお入りください。
https://www.berrys-cafe.jp/static/etc/bb

離婚予定の契約妻ですが、クールな御曹司に溺愛されて極甘懐妊しました

2023年1月10日　初版第1刷発行

著　者　森野りも
©Rimo Morino 2023

発行人　菊地修一
デザイン　カバー　北國ヤヨイ
フォーマット　hive & co.,ltd
校　正　株式会社鷗来堂
編集協力　八角さやか
編　集　前田莉美
発行所　スターツ出版株式会社
〒104-0031
東京都中央区京橋1-3-1　八重洲口大栄ビル7F
TEL　出版マーケティンググループ　03-6202-0386
（ご注文等に関するお問い合わせ）
URL　https://starts-pub.jp/
印刷所　大日本印刷株式会社

Printed in Japan

乱丁・落丁などの不良品はお取替えいたします。
上記出版マーケティンググループまでお問い合わせください。
定価はカバーに記載されています。

ISBN 978-4-8137-1379-1　C0193

ベリーズ文庫 2023年1月発売

『気高きホテル王は最上愛でママとベビーを絡めとる【極上四天王シリーズ】』 紅《くれない》カオル・著

OLの美織は海外旅行中に現地で働く史哉と出会い付き合うことに。帰国後も愛を深めていき美織の妊娠が発覚した矢先、彼は高級ホテルの御曹司であり自分との関係は遊びだと知り彼に別れを告げる。ところが、一人で子供を産み育てていたある日、偶然再会してしまい!?　なぜか変わらぬ愛を注がれて…。

ISBN 978-4-8137-1374-6／定価737円（本体670円＋税10%）

『極上パイロットはあふれる激情で新妻を愛し貫く～お前のすべてが愛おしい～』 佐《さ》倉《くら》伊《い》織《おり》・著

機械いじりが大好きで、新人整備士として奮闘する鞠花。ある日、大学時代の憧れの先輩でエリートパイロットの岸本と急接近！　彼と過ごすうち想いはどんどん膨らんでいくも、実は鞠花には親が決めた婚約者が。それを知った岸本は「俺にお前を守らせてくれ」――鞠花に突如プロポーズしてきて…!?

ISBN 978-4-8137-1375-3／定価737円（本体670円＋税10%）

『一生、俺のそばにいて～エリート御曹司が余命宣告された幼なじみを世界一幸せな花嫁にするまで～』 滝井《たきい》みらん・著

璃子は18年間、幼馴染の御曹司・匡に片思い中。だけど、彼にとって自分は妹的存在であるため告白できないでいた。ところがある日、余命半年の難病であることが発覚。最後は大好きな彼と一緒に過ごしたい――と彼の家へ押しかけ同居スタート。璃子の我儘を何倍もの愛情で返してくる彼に想いが溢れて…。

ISBN 978-4-8137-1376-0／定価737円（本体670円＋税10%）

『怜悧な外交官が溺甘パパになって、一生分の愛で包み込まれました』 蓮美《はすみ》ちま・著

親友の勧めで婚活パーティへ参加した沙綾は、大学時代の先輩・拓海と再会。外交官の彼に提案されたのは、ドイツ赴任中の三年限定で妻を務めることだった。愛なき契約結婚のはずが、夜ごと熱情を注がれご懐妊！　しかし、ある事情から沙綾は単身で帰国することになり、二人は引き裂かれそうになって…!?

ISBN 978-4-8137-1377-7／定価726円（本体660円＋税10%）

『溺愛前提、俺様ドクターは純真秘書を捕らえ娶る』 未《み》華《はな》空《そら》央《お》・著

総合病院で院長を務める晃汰の秘書として働く千尋は、病に倒れた母を安心させるためにお見合い結婚を決意。すると、跡継ぎを求めている晃汰に「好きでもない相手と結婚するくらいなら俺の妻になれ」と強引に娶られてしまい!?　始まった新婚生活は予想外に甘く、彼の溺愛猛攻に千尋は蕩け尽くして…。

ISBN 978-4-8137-1378-4／定価726円（本体660円＋税10%）